हारूत और मारूत की कहानी

अब्दुल वहीद

हारूत और मारूत की कहानी
The Story of Harut and Marut

अब्दुल वहीद
Abdul Waheed

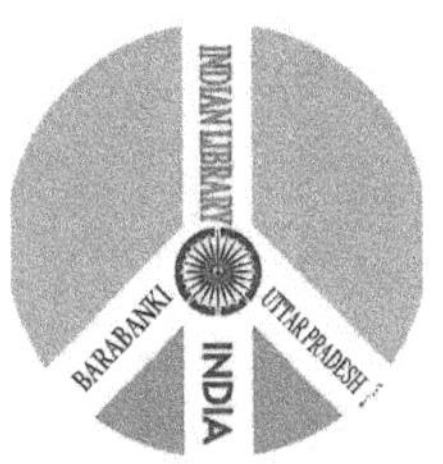

notionpress

CERTIFICATE OF PUBLISHING

We're proud to present this certificate of publishing to

Abdul Waheed

for successfully publishing

THE STORY OF HARUT AND MARUT

on 28-12-2022

"A writer's life and work are not a gift to mankind; they're a necessity" ~ Toni Morrison

समर्पण

यह पुस्तक मेरे मरहूम पिताजी हाजी उबैदुरहमान (मुन्नाभाई) तथा छोटा भाई अब्दुल हमीद की याद में समर्पित है, ईश्वर (अल्लाह) उनकी आत्मा को शांति दे । आमीन

विषय सूची

भूमिका

यह पुस्तक दो फरिश्ते हारूत और मारूत पर एक प्राचीन कहानी लिखी गई है, यह पूरे संसार में काफी प्रसिद्ध व लोकप्रिय है और अलग-अलग ग्रंथों में अलग-अलग नाम से वर्णित है। कृपया इस पुस्तक को पढ़ें और यदि कोई कमी लगे तो तत्काल अवगत कराएं,

धन्यवाद

Date - 27/12/2022

इतिहास

"कुरान में जादू-टोना सिखाने वाले दो फ़रिश्तों का ज़िक्र है। हारूत और मारूत नाम, हालांकि, सेमिटिक मान्यताओं से उत्पन्न नहीं हुए हैं, लेकिन वे ज़ोरोस्ट्रियनवाद के दो अमेशा स्पेंटा, हौरवत और अमेरेत से व्युत्पत्तिगत रूप से संबंधित प्रतीत होते हैं।

Bürgel, J. Christoph. "Zoroastrianism as viewed in medieval Islamic sources." Muslim Perceptions of Other Religions (1999): 202-212.

स्वर्ग से उनके गिरने का कुरान में उल्लेख नहीं है, सर्वनाशकारी साहित्य के विपरीत, उन्हें ईश्वर द्वारा "भेजा" गया है।

Dye, Guillaume. Early Islam: the sectarian milieu of late Antiquity?. Éditions de l'Université de Bruxelles, 2023.

हालांकि, मुफ़स्सिर (कुरान के अधिकृत व्याख्याकार) यह मानते हैं कि उन्हें सज़ा के रूप में भेजा गया था, और उनके गिरने के पीछे की कहानी बताते हैं।

जादू सिखाने वाले गिरे हुए फ़रिश्तों की कहानी एक शुरुआती ईसाई मान्यता को दर्शाती है। इस कारण से, कुछ मुस्लिम विद्वानों का तर्क है कि यह कहानी जूदेव-ईसाई स्रोतों (इज़रायलियत) से ली गई है। अंसार अल-अदल के अनुसार, इस आयत की अतिरिक्त व्याख्या यहूदी धर्म या ईसाई धर्म से तफ़सीर में आई। अंग्रेजी कुरान अनुवादक अब्दुल्ला यूसुफ अली ने कहा कि यह कहानी यहूदी मिद्राशिम, विशेष रूप से मिद्राश अबकीर से विकसित हुई है।

Ali, Abdullah Yousf (2006). The Meaning of the Holy Quran (PDF) (11th ed.). note 104, p. 45. Archived from the original (PDF) on 2009-03-05.

हालांकि, मिद्राश अबकीर का इतिहास ग्यारहवीं शताब्दी से पहले का नहीं है।जॉन सी. रीव्स ने निष्कर्ष निकाला है कि, हालांकि कुरान पिछली सामग्री को एकीकृत करता है, लेकिन मिद्राशिम मुस्लिम मान्यताओं से आकार लेता है, न कि इसके विपरीत।

Reeves, John C. (2015). Some Parascriptural Dimensions of the Muslim "Tale of Harut wa-Marut". Journal of the American Oriental Society. Western scholars who have studied the "Tale of Harut and Marut" and grappled with its literary analogues have most frequently pointed to the Jewish and Christian parascriptural materials that envelop the enigmatic figure of Enoch and in particular to a curious medieval Jewish aggadic narrative known as the "Midrash of Shemhazai and 'Azael." (29) This unusual tale, extant in at least four Hebrew versions and one Aramaic rendition, (30) requires our attention at this stage, and I accordingly provide here a translation of what is arguably its earliest written registration, in the eleventh-century midrashic compilation Bereshit Rabbati of R. Moshe ha-Darshan.

Careful comparison of the developed narratives of the "Tale of Harut and Marut" and the "Midrash of Shemhazai and cAzael" amid the larger literary corpora within which they are embedded suggests that the Muslim Harut wa-Marut complex both chronologically and literarily precedes the articulated versions of the Jewish "Midrash of Shemhazai and 'Azael," or as Bernhard Heller expressed it over a century ago, "la legende [i.e., the Jewish one] a ete calquee sur celle de Harout et Marout." (39) What is likely the oldest Hebrew form of the story dates from approximately the eleventh century, (40) several hundred years after the bulk of the Muslim evidence.

इसी तरह, पेट्रीसिया क्रोन का तर्क है कि यहूदियों ने इस्लामी कहानी को अपनाया, खासकर तब से जब गिरे हुए स्वर्गदूतों के बारे में कहानियों को रब्बीनिक यहूदी धर्म द्वारा अप्रमाणिक माना जाता था।

Crone, Patricia. The Book of Watchers in the Quran. pp. 10–11.

कहानी के यहूदी मूल को अस्वीकार करना भी मुस्लिम विद्वानों की ओर से आता है। कुरसाद डेमिरसी बताते हैं कि हारुत और मारुत की कहानी और प्राचीन यहूदी विद्या के स्वर्गदूतों के बीच कोई समानता नहीं है।] KÜRŞAT DEMİRCİ, "HÂRÛT ve MÂRÛT", TDV İslâm Ansiklopedisi, https://islamansiklopedisi.org.tr/harut-ve-marut (19.09.2023).

दिव्य त्रुटिहीनता

"इस्लाम में स्वर्गदूतों को आम तौर पर अचूक नहीं माना जाता है। फिर भी, मुस्लिम लेखकों ने इस बात पर बहस की कि स्वर्गदूत कैसे गलती कर सकते हैं या सामान्य रूप से स्वर्गदूतों को पाप से मुक्त करने की वकालत कर सकते हैं, उनके शारीरिक आवेगों की कमी के कारण (हसन अल-बसरी, फखर अल-दीन अल-रज़ी, सुन्नियों के बीच इब्न-अरबी और इब्न कथिर; शियाओं के बीच शेख तुसी और शेख तबरसी)।

मुजाहिद इब्न जबर ने इस कहानी के अपने संस्करण में बताया है कि हारुत और मारुत की कामुकता उनके दिल (क़ल्ब) में थी, न कि उनके शरीर में, क्योंकि स्वर्गदूतों के रूप में उनके पास शारीरिक इच्छाएँ नहीं होती हैं। कहानी में यह भी कहा गया है कि एक इंसान ने उनकी क्षमा के लिए प्रार्थना की। इंसान की पहचान पैगंबर इदरीस से की जा सकती है। अहमद इब्न हनबल (780-855 ई.) ने तर्क दिया कि स्वर्गदूतों की त्रुटिहीनता ही सबसे पहले उनके अपराध का कारण है। आज्ञाकारिता के कारण, वे आदम की संतानों का विरोध करना शुरू कर देते हैं। ऐसा करके, वे ईश्वर के निर्णय पर भी सवाल उठाते हैं, जिससे उनका पतन होता है। यह कुरान के कथन के संदर्भ में है जिसमें स्वर्गदूतों द्वारा आदम के निर्माण पर शिकायत करने की बात कही गई है।

अशरीरी परंपरा आम तौर पर स्वर्गदूतों को गलत होने की अनुमति देती है। अल-बैदावी का दावा है कि "कुछ फ़रिश्ते अचूक नहीं होते, भले ही उनमें अचूकता व्याप्त हो - जैसे कि कुछ मनुष्य अचूक होते हैं, लेकिन उनमें अचूकता व्याप्त होती है।":545 तफ़सीर अल-बैदावी की एक टिप्पणी में कहा गया है कि फ़रिश्तों की "आज्ञाकारिता उनका स्वभाव है, जबकि उनकी अवज्ञा एक बोझ है, जबकि मनुष्यों की आज्ञाकारिता एक बोझ है और वासना के लिए उनकी लालसा उनका स्वभाव है।:546

फ़ख़र अल-दीन अल-रज़ी एक अपवाद हैं और मुताज़िलियों से सहमत हैं कि फ़रिश्ते पाप नहीं कर सकते, और हारुत और मारुत केवल जादू-टोना सिखा रहे थे। वे आगे बढ़ते हैं और विश्वास के छह लेखों में शामिल करते हैं कि फ़रिश्तों पर विश्वास करना ही पर्याप्त नहीं है, व्यक्ति को उनकी अचूकता पर भी विश्वास करना चाहिए। अल-तफ़ताज़ानी (1322 ई. -1390 ई.) तर्क देते हैं कि फ़रिश्तों को पाप नहीं करना चाहिए, और हारुत और मारुत केवल जादू-टोना सिखा रहे थे। वे अविश्वासी नहीं बनेंगे, लेकिन उन्होंने स्वीकार किया कि वे गलती कर सकते हैं और अवज्ञाकारी बन सकते हैं। हारुत और मारुत के मामले में भी यही होगा।

मातुरीदवाद भी स्वीकार करता है कि फ़रिश्ते अवज्ञा कर सकते हैं और उन्हें परीक्षण का सामना करना पड़ सकता है। मातुरीदवाद आम तौर पर पापी मुसलमानों को तब तक अविश्वासी नहीं मानता जब तक वे किसी दायित्व या निषेध से इनकार नहीं करते। अबू अल-कासिम इशाक इब्न मुहम्मद अल-मातुरीदी (9वीं से 10वीं शताब्दी ई.) हारुत और मारुत के साथ समानता के आधार पर यह निष्कर्ष निकालते हैं, जिन्हें इस्लामी परंपरा में पापी माना जाता है, लेकिन वे अविश्वासी (कुफ़्फ़ार) नहीं हैं।

शिया परंपरा में, हसन अल-अस्करी, ट्वेल्वर शिया के 11वें इमाम, हारुत और मारुत के उल्लंघन को अस्वीकार करते हैं, और फ़रिश्ते को अचूक मानते हैं। (इस्मियाह).

कथा हारुत मारुत की

"हालाँकि कुरान इस फ़रिश्तों की जोड़ी को स्पष्ट रूप से पतित नहीं कहता है, लेकिन संदर्भ इसे सच मानता है। हारुत और मारुत (क़िश्त हारुत वा-मारुत) की कहानी कुरान की व्याख्या (तबारी, इब्न हनबल, रूमी, मकदिसी, थलाबी, किसाई, सुयुति) में इस फ़रिश्तों की जोड़ी के पतन की व्याख्या करने के लिए एक आवर्ती कहानी है। संक्षेप में, इस कहानी में स्वर्ग में एक प्रस्तावना शामिल है, जिसके परिणामस्वरूप पृथ्वी पर एक फ़रिश्तों का मिशन होता है, जिसके बाद इन फ़रिश्तों का भ्रष्टाचार होता है, और परिणामस्वरूप ईश्वर द्वारा दंड दिया जाता है।हालाँकि यह वॉचर्स की कहानी से कुछ समानता रखता है, इस मूल भाव के सबसे प्रमुख घटक इस्लामी परंपरा के लिए अद्वितीय हैं और बाइबिल या दूसरे मंदिर की परंपराओं को प्रतिबिंबित नहीं करते हैं। कहानी स्वर्गदूतों के विद्रोह या मूल पाप के बारे में नहीं है, बल्कि यह है कि मनुष्य होना कितना कठिन है।

इब्न कथिर कहानी के कम से कम विवरण को काब अल-अहबर द्वारा गढ़ा हुआ (मावदू) मानते हैं। अल-सुयुती ने कहानी को हदीस के रूप में वापस खोजा है, जिसका श्रेय मुहम्मद को दिया जाता है। तबरी ने कहानी को इस प्रकार वर्णित किया है:"

हारुत और मारुत (هَارُوت) (وَمَارُوتَ) पवित्र कुरान में वर्णित दो देवदूत हैं जिन्हें बनी इज़राइल में उनके विश्वास का परीक्षण करने के लिए भेजा गया था। यहां इसके बारे में पूरी कहानी है।

12:26

पृष्ठभूमि

बनी इस्राईल कई सौ साल तक मिस्र में रहे जहां अच्छे से अच्छे जादूगर रहा करते थे। हालाँकि उन्होंने 1276 ईसा पूर्व में पैगंबर मूसा عليه السلام के समय में मिस्र छोड़ दिया और फिलिस्तीन चले गए, उन्होंने जादू नहीं छोड़ा।

970 ईसा पूर्व में जब अल्लाह ने पैगंबर सुलेमान عليه السلام को जिन्नों, इंसानों और जानवरों का राजा बनाया, तो बनी इसराइल ने दावा करना शुरू कर दिया कि वह एक जादूगर है।

वे जादू करने के लिए अल्लाह के पैगम्बर पर दोष लगा रहे थे जबकि वे स्वयं इसमें शामिल थे।

इसके बजाय उन्होंने सुलैमान के शासनकाल के दौरान शैतानों द्वारा प्रचारित जादू का पालन किया। सुलैमान ने कभी अविश्वास नहीं किया, बल्कि शैतानों ने किया

एमडी 0.100

12:26

अविश्वासी - अल-बकराह 2:102

अल्लाह की ओर से एक परीक्षा

इस पर, अल्लाह ने मानव रूप में अपने दो स्वर्गदूतों हारुत और मारुत को गुप्त एजेंटों के रूप में बेबीलोन भेजकर उनका परीक्षण करने का निर्णय लिया।

जब हारुत और मारुत ने बनी इस्राइल को जादुई चमत्कार दिखाना शुरू किया तो वे उनसे इस कदर प्रभावित हुए कि उन्होंने उसे सीखना चाहा, इस तथ्य के बावजूद कि वे जानते थे कि यह कुफ्र है।

यह वैसा ही है जैसा अल्लाह ने लूत के लोगों के साथ किया था जब उसने अपने स्वर्गदूतों को उनकी परीक्षा लेने के लिए सुंदर लड़कों के रूप में भेजा था।

हारुत और मारुत जादू सिखा रहे हैं**12:27**

बनी इस्राइल को जादू सिखाने से पहले हारुत और मारुत उन्हें इस कृत्य के धार्मिक परिणाम बताते थे। वे उनसे कहते थे कि अल्लाह ने इसकी इजाजत नहीं दी है और इससे उनका अगला जीवन खतरे में पड़ जाएगा।

हारुत और मारुत ने कभी किसी को यह कहे बिना शिक्षा नहीं दी, "हम केवल तुम्हारे लिए एक परीक्षा हैं, इसलिए 'अपने विश्वास' को मत त्यागो।"

अल-बकराह 2:102

हालाँकि, वे अपनी जादुई कलाओं के इतने शौकीन हो गए कि उन्होंने तावीज़ और जादू-टोने का सहारा लेना जारी रखा।

12:27

बेबीलोन का पसंदीदा जादू

पवित्र कुरान की उसी आयत में,

अल्लाह हमें बताता है कि के लोग

बेबीलोन में सबसे ज्यादा दिलचस्पी थी

हारुत से जादू सीखना और

मरुत द्वारा पति-पत्नी के बीच मतभेद दूर करना।

और पत्नी.

फिर भी लोगों ने 'जादू' सीखा जिससे पति-पत्नी के बीच भी दरार आ गई; हालाँकि उनका जादू अल्लाह की इच्छा के अलावा किसी को नुकसान नहीं पहुँचा सकता था। - अल-बकराह 2:102

निष्कर्ष

न जाने कितने देवदूत आज भी हमारे बीच अपने कर्तव्य पालन में व्यस्त होंगे!

इसलिए, हमें लोगों के साथ व्यवहार करते समय सावधान रहना चाहिए12:27

हो सकता है हारूत और मारुत अल्लाह के आदेश पर हमारी परीक्षा ले रहे हों।

"सूरा 2:102 में एक और कहानी में बाबुल का नाम उल्लेखित है, लेकिन यह बताती है कि जब दो फ़रिश्तों हारुत और मारुत ने बाबुल में कुछ लोगों को जादू सिखाया और उन्हें चेतावनी दी कि जादू एक पाप है और उनका उन्हें जादू सिखाना विश्वास की परीक्षा है। बाबुल के बारे में एक कहानी याक़ूत (i, 448 f.) और लिसान अल-अरब [ar] (xiii. 72) के लेखन में अधिक पूरी तरह से दिखाई देती है, लेकिन टावर के बिना: मानव जाति हवाओं द्वारा एक साथ मैदान में बह गई थी जिसे बाद में "बाबुल" कहा जाता था, जहां उन्हें भगवान द्वारा उनकी अलग-अलग भाषाएं सौंपी गई थीं, और फिर वे उसी तरह से फिर से बिखर गए थे। 9वीं शताब्दी के मुस्लिम धर्मशास्त्री अल-तबारी द्वारा पैगंबरों और राजाओं के इतिहास में, एक पूर्ण संस्करण दिया गया है: निम्रोद अल-फ़िदा ने भी यही कहानी बताई है, और कहा है कि कुलपिता एबर (अब्राहम के पूर्वज) को मूल भाषा, इस मामले में हिब्रू, रखने की अनुमति दी गई थी, क्योंकि वह इमारत में भाग नहीं लेना चाहते थे।

हालाँकि बाबेल के टॉवर की बाइबिल कथा के समान भिन्नताएँ इस्लामी परंपरा में मौजूद हैं, लेकिन लेखक याहिया एमरिक के अनुसार भाषा के आधार पर ईश्वर द्वारा मानव जाति को अलग करने का केंद्रीय विषय इस्लाम के लिए अलग है। उनका तर्क है कि इस्लामी मान्यता में, ईश्वर ने राष्ट्रों को एक-दूसरे को जानने के लिए बनाया है, न कि अलग होने के लिए।

हदीथ

अल इमाम मुस्लिम इब्न अल ह अज्जाज एन नैसाबरी (अल्लाह उस पर रहम करे) ने बताया कि इमाम मुहम्मद इब्न सिरिन (अल्लाह उस पर रहम कर सकता है) ने हदीस के विज्ञान के बारे में बात करते हुए कहा :

" यह विज्ञान धर्म का हिस्सा है। इसलिए सावधान रहें कि आप अपना धर्म किससे लेते हैं। »

[जामी' यू एस एस ए एच आई एच]

(मदीना में पैगंबर मुहम्मद (स अल्ला ल्ललाहु अलैहि वसल्लम)   की मस्जिद का हरा गुंबद - ह इजाज)

'इल्म उल ह अदिथ:

* हदीस के विज्ञान में प्रयुक्त शब्दों की कुछ परिभाषाएँ (अल जुर्जानी)

* कमजोर हदीस (अन नवावी) के उपयोग के बारे में

* सुन्नत द्वारा सुन्नत को निरस्त करने के विभिन्न तरीके (इब्न अश शिख़खिर और अन नवावी)

एक h âdîth की टिप्पणियाँ :

* "उसने विश्वास का स्वाद चखा है जो अल्लाह को भगवान के रूप में, इस्लाम को धर्म के रूप में और मुहम्मद (अल्लाह की मुक्ति और शांति उस पर हो) को दूत के रूप में स्वीकार करता है" (किश्क)

* अल्लाह ने कहा: " मैंने प्रार्थना को दो भागों में विभाजित किया है, मेरे और मेरे नौकर के बीच, और मेरे नौकर के बीच वह क्या मांगेगा। » (एक नवावी)

* "अल्लाह इस उम्माह से 70,000 लोगों को बिना किसी जवाबदेही के स्वर्ग में लाएगा..." (अर रज़ी)

* "अल्लाह के पास [प्रत्येक स्थान पर] एक सेवक है जिसे वह आपको समर्पित कर सकता है..." (अल खट्टर)

* "अल्लाह दो आदमियों पर हँसता है, जिनमें से एक दूसरे को मार देता है जबकि दोनों स्वर्ग में प्रवेश करेंगे..." (अल बुखारी, इब्न 'अब्द इल बर्र, इब्न हज़र अल 'असकलानी)

* "अल्लाह ने उन लोगों से पश्चाताप प्राप्त करने के लिए अपना हाथ बढ़ाया है जिन्होंने पाप किया है" (अन नवावी और अल माज़िरी)

* "जो अपने अहंकार को मजबूत करता है वह अपने धार्मिक जीवन को कमजोर करता है, और जो अपने अहंकार को कमजोर करता है वह अपने धार्मिक जीवन को मजबूत करता है" (अहमद अल 'अलावी)

* "निश्चित रूप से, अल्लाह उम्माह के लिए एक मुजद्दिद भेजेगा, और यह प्रत्येक शताब्दी के आगमन पर होगा" (शाह वालियू लल्लाह)

* हदीस पर सबसे अधिक आजमाए गए पुरुषों के बारे में टिप्पणी (विज्ञापन दारकावी)

* "क्या आप जानते हैं कि मैंने आपकी प्रसिद्धि कैसे बढ़ाई? » (अल कादी 'इयाद)

* "हर अच्छा काम दान का कार्य है" (इब्न बत्ताल और अन नवावी)

* "स्वर्ग का निवासी अपने रब से स्वर्ग के बगीचों में बीज बोने की अनुमति मांगेगा..." (अल कस्ताल्लानी)

* "आप अपने भगवान को उसी तरह देखेंगे जैसे आप इस रात पूर्णिमा को देखते हैं" (अल कारी, अल मातुरिदी और धू ननून अल मिस्री)

हदीस: अल इमाम मुस्लिम इब्न अल हज्जाज एन नैसाबरी (अल्लाह उस पर रहम करे) ने बताया कि इमाम मुहम्मद इब्न सिरिन (जो...

महान विद्वानों के प्रकाश में इस्लाम का प्रकाश 1433 | 2012.

बाईबल में

वॉचर्स की पुस्तक और जुबलीज़ की पुस्तक में हारुत और मारुत

हनान जाबेर द्वारा

जब भी किसी मुसलमान से पूछा जाता है कि कोई कहानी या विचार उनके धर्म का हिस्सा है या नहीं, तो वे सबसे पहले कुरान का हवाला देते हैं। हालाँकि, कुरान में कुछ आयतें ऐसी हैं, जिनमें बहुत ज़्यादा संदर्भ नहीं है और उन्हें समझाने के लिए व्याख्याकारों की ज़रूरत है। आम तौर पर, व्याख्यात्मक लेखन (तफ़सीर) में कई तरह की कहानियाँ होंगी, जो पैगंबर मुहम्मद या उनके साथियों तक वापस जाती हैं, और वह संदर्भ देती हैं जिसके ज़रिए आयत का पता चला, यानी कब, कहाँ या क्यों इसका पता चला। आधुनिक मुस्लिम पाठक, जिन्हें सिखाया गया है कि कुरान सभी अन्य अब्राहमिक पुस्तकों से अलग है, को यह बात अजीब लगती है कि कैसे प्रसिद्ध कुरानिक व्याख्याकारों ने अस्पष्ट आयतों को संदर्भ देने के लिए इस्राइलियत (बाइबिल की कहानियाँ जो केवल ईसाई बाइबिल के हिब्रू में पाई जाती हैं, लेकिन कुरान में नहीं) का इस्तेमाल किया। ऐसी ही एक आयत जो ध्यान खींचती है, वह है आयत 2:102। यह लेख आयत 2:102 में वर्णित फ़रिश्तों, हारुत और मारुत, तथा 1 एनोच में छद्मलेखीय कार्यों द बुक ऑफ़ जुबलीज़ और द बुक ऑफ़ वॉचर्स में पाए गए पतित फ़रिश्तों के बारे में व्याख्यात्मक व्याख्याओं की तुलना और विरोधाभास करता है। यह दिखाया जाएगा कि पहले के मुस्लिम व्याख्याकार कुरान की व्याख्या करने के लिए बाइबिल की कहानियों का उपयोग करने के लिए खुले थे, जबकि बाद के विद्वान कुरान और हदीस साहित्य जैसे संहिताबद्ध इस्लामी ग्रंथों में शामिल न होने वाली किसी भी चीज़ को जोड़ने के सख्त खिलाफ़ हो गए।

मुस्लिम "हारुत व-मारुत की कहानी" के कुछ पारम्परिक आयाम

जॉन सी. रीव्स

2015, जर्नल ऑफ द अमेरिकन ओरिएंटल सोसाइटी 135 (2015): 817-842।

प्रारंभिक टिप्पणीकार और परंपरावादी क्यू 2:102 को, जो मानव जाति को गूढ़ ज्ञान के संचरण में स्वर्गदूतों की मिलीभगत का एक रहस्यमय संकेत है, व्याख्यात्मक विद्या की एक समृद्ध परत के भीतर अक्सर 'हारूत और मारूत की कहानी' शीर्षक के साथ शामिल करते हैं। इस श्लोक का इसके बाहरी कथात्मक अलंकरणों के साथ-साथ एक करीबी अध्ययन संरचनात्मक और प्रासंगिक रूपांकनों की एक संपत्ति को उजागर करता है जो 'कहानी' को 'गिरे हुए स्वर्गदूतों' और उनकी कथित भूमिका के बारे में बाइबिल और पारिभाषिक मिथकों के साथ जोड़ता है। वर्तमान पेपर इन रूपांकनों की एक प्रतिनिधि संख्या को सूचीबद्ध करता है, उनके संचरण के तरीके के बारे में अनुमान लगाता है, और 'कहानी' के विभिन्न संस्करणों का विश्लेषण करने के लिए कुछ दिशानिर्देश प्रदान करता है जो मध्ययुगीन यहूदी व्याख्यात्मक और रहस्यमय साहित्य में सदियों बाद सामने आते हैं। स्वर्गदूतों को बहकाने के लिए जिम्मेदार महिला की पहचान को उजागर करने पर विशेष ध्यान दिया गया है।

कुरान में फ़रिश्ते: उनकी कुछ भूमिकाएँ, प्रतिनिधित्व और जिन्न के साथ संबंध

लुईस गैलोरिनी

2019, जर्नल ऑफ एथनोफिलोसोफिकल क्वेश्चन एंड ग्लोबल एथिक्स

यह लेख कुरान में स्वर्गदूतों के सामान्य प्रतिनिधित्व और इस्लामी विश्वदृष्टि में प्राणियों की एक अन्य श्रेणी, जिन्न के साथ उनके संबंधों पर केंद्रित है। इस्लामी दुनिया में स्वर्गदूतों के बारे में लिखे गए कार्यों और जिन्न की उपस्थिति के साथ-साथ कुरान की आयतों के विश्लेषण की एक त्वरित समीक्षा हमें दिखाएगी कि इस्लाम का प्रकट होना विश्वासियों की विश्वदृष्टि में स्वर्गदूतों के स्थान के उच्चारण से निकटता से जुड़ा हुआ था। इसने जिन्न की स्थिति और भूमिका में बदलाव किया, जो कि इस्लाम-पूर्व अरब में लोकप्रिय विश्वास का विषय थे, जिसके तहत स्वर्गदूत दूसरी दुनिया से विशेष दूतों की भूमिका निभाते थे, एक ऐसा कार्य जो इस्लाम-पूर्व अरब में जिन्न के लिए विशिष्ट था। जिन्न इस्लामी दुनिया के भीतर कल्पना की एक महत्वपूर्ण विशेषता बने रहेंगे, यद्यपि एक संशोधित भूमिका के साथ।

पवित्र कुरआन में वर्णित

Al-Baqarah 2:102

وَٱتَّبَعُوا۟ مَا تَتْلُوا۟ ٱلشَّيَٰطِينُ عَلَىٰ مُلْكِ سُلَيْمَٰنَ ۖ وَمَا كَفَرَ سُلَيْمَٰنُ وَلَٰكِنَّ ٱلشَّيَٰطِينَ كَفَرُوا۟ يُعَلِّمُونَ ٱلنَّاسَ ٱلسِّحْرَ وَمَآ أُنزِلَ عَلَى ٱلْمَلَكَيْنِ بِبَابِلَ هَٰرُوتَ وَمَٰرُوتَ ۚ وَمَا يُعَلِّمَانِ مِنْ أَحَدٍ حَتَّىٰ يَقُولَآ إِنَّمَا نَحْنُ فِتْنَةٌ فَلَا تَكْفُرْ ۖ فَيَتَعَلَّمُونَ مِنْهُمَا مَا يُفَرِّقُونَ بِهِۦ بَيْنَ ٱلْمَرْءِ وَزَوْجِهِۦ ۚ وَمَا هُم بِضَآرِّينَ بِهِۦ مِنْ أَحَدٍ إِلَّا بِإِذْنِ ٱللَّهِ ۚ وَيَتَعَلَّمُونَ مَا يَضُرُّهُمْ وَلَا يَنفَعُهُمْ ۚ وَلَقَدْ عَلِمُوا۟ لَمَنِ ٱشْتَرَىٰهُ مَا لَهُ فِى ٱلْءَاخِرَةِ مِنْ خَلَٰقٍ ۚ وَلَبِئْسَ مَا شَرَوْا۟ بِهِۦٓ أَنفُسَهُمْ ۚ لَوْ كَانُوا۟ يَعْلَمُونَ

وعصاها حتى وقعا المعصيه نخير ابن عذاب الدنيا وعذاب الآخرة فقال لاحدهما الصاحب ما يقول
فقال اخترا عذاب الدنيا سطح وعذاب الآخر لا ينسطح واختارا عذاب الدنيا فهما اليوم كرمها الله
تعالى بابل هاروت وماروت

وحكى من رآهما قال رأيت حسين عظيمين جدّا وقد علّقا منكبين ورأسهما كعبهما الى ركبتهما
ى الجديد وقد بدا اني احبان الله تعالى قال لهما الى ارسل شوا الى المانر وليس بي وبكا رسول
اخرا ولا اثر كاني سيادا لانقاد ولا سرفا ولا زبا قال كما لاجار فاسدها ابو هما
الدى يكر لقيهم جنى انا بجمعها فتعام صحورا آشاء فلما كان ايام ادريس على السلم صار الى السه
وسلام ان دعوا لها جنى يحاور اسعنهم فقال ادريس عليه السلم كعا لحل لى بالمجاد هذا
قالا ادعوا الله لسانان راعنا فهودا لل لا سبحانه وان لم ترا هلذا قنوصا ادريس عليه السلم
وصلى ركعتين ودعا الله تعالى بم لنفس فلم يرها فعلم ان العقوبة قد حل بهما واحدنا الى هريل ها

مملكة عام اصلاح الحالبات ودع المسادها وقد وكل ورد من آثار دهام الملكه
باسا الله وكرا ابراهم احمد عن رسول الله صلى الله وسلم انه فا جاير وتنون ملكها

तथा सुलैमान के राज्य में शैतान जो मिथ्या बातें बना रहे थे, उनका अनुसरण करने लगे। जबकि सुलैमान ने कभी कुफ़्र (जादू) नहीं किया, परन्तु कुफ़्र तो शैतानों ने किया, जो लोगों को जादू सिखा रहे थे तथा वे उन बातों का (अनुसरण करने लगे) जो बाबिल (नगर) के दो फ़रिश्तों; हारूत और मारूत पर उतारी गयीं, जबकि वे दोनों किसी को जादू नहीं सिखाते, जब तक ये न कह देते कि हम केवल एक परीक्षा हैं, अतः, तू कुफ़्र में न पड़। फिर भी वे उन दोनों से वो चीज़ सीखते, जिसके द्वारा वे पति और पत्नी के बीच जुदाई डाल दें और वे अल्लाह की अनुमति बिना इसके द्वारा किसी को कोई हानि नहीं पहुँचा सकते थे, परन्तु फिर भी ऐसी बातें सीखते थे, जो उनके लिए हानिकारक हों और लाभकारी न हों और वे भली-भाँति जानते थे कि जो इसका ख़रीदार बना, परलोक में उसका कोई भाग नहीं तथा कितना बुरा उपभोग्य है, जिसके बदले वे अपने प्राणों का सौदा कर रहे हैं यदि वे जानते होते!

कुरआन 2:102 में वर्णित दो देवदूत हैं, जिनके बारे में कहा जाता है कि वे बाबुल में स्थित थे। कुछ आख्यानों के अनुसार वे दोनों देवदूत इदरीस के समय के थे। कुरान इंगित करता है कि वे लोगों के लिए एक परीक्षा थे और उनके माध्यम से लोगों को जादू-टोने से परखा गया था। यह कहानी अपने आप में गिरे हुए स्वर्गदूत शेमज़ाई, उज़्ज़ा और अज़ाएल के बारे में एक यहूदी किंवदंती के समान है। हारूत और मारुत नाम व्युत्पत्तिशास्त्र की दृष्टि से दो जोरास्ट्रियन महादूतों हौर्वतत और अमेरेटैट से संबंधित प्रतीत होते हैं।हौर्वतत-अमेरेतत (पहलवी ह्वड'ड 'एमडब्ल्यूआरडी'डी) सोग्डियन भाषा के ग्रंथों में ह्व्वट म्व्वट के रूप में प्रकट होता है। पतित देवदूत या नहीं।

वाल्टर्स पांडुलिपि W.659 के इस फोलियो में आदम के पतन की आलोचना करने के लिए सजा के रूप में स्वर्गदूतों हारूत और मारुत को फांसी पर लटकाए जाने को दर्शाया गया है।

कुरान में, दो स्वर्गदूतों का संक्षेप में उल्लेख इस प्रकार किया गया है:
मुल्की सुलेमान (مُلْكِ سُلَيْمَانَ, किंगडम ऑफ सोलोमन) में शायातियों (शैतानों) ने जो दिया, उसका उन्होंने पालन किया। सुलेमान ने इनकार नहीं किया, लेकिन शायातिन ने इनकार किया, पुरुषों को जादू और ऐसी चीजें सिखाईं जो बेबीलोन, हरूत और मारुत में दो स्वर्गदूतों पर उतरीं, लेकिन इन दोनों में से किसी ने भी किसी को नहीं सिखाया, जब तक कि उन्होंने यह नहीं कहा, "हम केवल एक फितना हैं।" परीक्षण), इसलिए अविश्वास मत करो।" और इन्हीं से लोग वह सीखते हैं जिसके द्वारा वे एक पुरुष और उसकी पत्नी के बीच अलगाव पैदा करते हैं, लेकिन वे अल्लाह की अनुमति के बिना किसी को नुकसान नहीं पहुँचा सकते। और वे वह सीखते हैं जो उन्हें हानि पहुँचाता है और लाभ नहीं पहुँचाता। और वास्तव में वे जानते थे कि इसके (जादू) के खरीदारों का अखिराह (आखिरत) में कोई हिस्सा नहीं होगा। और वास्तव में वह कितना बुरा था जिसके लिए उन्होंने अपने आप को बेच दिया, यदि वे जानते!

कुरआन, **2:102**।

अपनी बात को प्रकट किया: {और जब उनके पास अल्लाह की ओर से एक रसूल आया जो पुष्टि कर रहा था कि उनके पास क्या है, तो उनमें से एक गिरोह, जिन्हें पवित्रशास्त्र दिया गया था, ने अल्लाह की किताब को अपनी पीठ के पीछे फेंक दिया, जैसे कि वे नहीं जानते!}। (अल-बकराह, 101) और उन्होंने उसका पालन किया जो शैतानों ने दिया, यानी वह सब जो अल्लाह की याद को रोकता है।

हारुत और मरुत की कहानी ने अचूक स्वर्गदूतों के सिद्धांत के लिए एक बड़ी समस्या खड़ी कर दी। हालाँकि इस्लाम में फरिश्ते अनिवार्य रूप से त्रुटिहीन नहीं हैं, कई विद्वान सिखाते हैं कि देवदूत स्वतंत्र इच्छा के बिना ईश्वर के दूत हैं, इस प्रकार त्रुटि करने में असमर्थ हैं।

कुछ इस्लामी विद्वान इस बात से इनकार करते हैं कि हरुत और मरुत बिल्कुल भी देवदूत थे और उन्हें देवदूतों के बजाय सामान्य व्यक्ति के रूप में मानना पसंद करते हैं, जिन्होंने शैतानों से जादू सीखा था। हसन अल-बसरी के विचार में, यह असंभव था कि देवदूत पाप को जादू की तरह सिखाएंगे। इस विचार को उनके साथी तबीउन विद्वानों, इब्न शिहाब अल-जुहरी, और क़तादा इब्न अल-नुमान ने भी समर्थन दिया, जिन्होंने इस धारणा को भी खारिज कर दिया कि हरुत और मारुत जैसे फ़रिश्ते अपराध कर सकते हैं और पाप कर सकते हैं। यह दृष्टिकोण आधुनिक सलाफी-विद्वानों द्वारा भी साझा किया जाता है, जो इस धारणा को अस्वीकार करते हैं कि हारुत और मारुत को भगवान द्वारा दंडित किया गया है।

अन्य लोग हरुत और मारुत को देवदूत मानते हैं, लेकिन उनकी संबद्ध कहानी को अस्वीकार करते हैं। ट्वेल्वर शिया के 11वें इमाम हसन इब्न अली इब्न मुहम्मद ने कहानी की सच्चाई के बारे में पूछे जाने के बाद, इस विश्वास को खारिज कर दिया कि स्वर्गदूत अपराधियों के रूप में उभर सकते हैं, क्योंकि उन्होंने तर्क दिया कि उन्हें अपनी इच्छा पर कार्य करने की स्वतंत्रता की कमी है और केवल परमेश्वर की इच्छा पर भरोसा करें। कुरान के कथन के संबंध में: "आकाश और पृथ्वी में जो कुछ भी है, उसका है, और जो उसके पास हैं, वे उसकी पूजा करने से नहीं चूकते, और न ही थकते हैं। वे रात और दिन [उसकी] महिमा करते हैं, और वे ऐसा करते हैं।" झंडा नहीं," उन्होंने तर्क दिया कि अगर हरुत और मारुत ने अत्याचार और अन्याय किया होता, तो वे पृथ्वी पर भगवान के प्रतिनिधि या दूत कैसे हो सकते थे?

अहमद इब्न हनबल (780-855 सीई) ने स्वीकार किया कि हारुत और मरुत गिरे हुए स्वर्गदूत हो सकते हैं और तर्क देते हैं कि सामान्य स्वर्गदूतीय त्रुटिहीनता उनके अपराध का कारण है। विशेष रूप से स्वर्गदूतों की आज्ञाकारिता के कारण, वे आदम के बच्चों का विरोध करना शुरू कर देते हैं, जिससे वे पहले स्थान पर गिर जाते हैं, इस प्रकार आदम के निर्माण पर फरिश्तों की शिकायत के बारे में कुरान के कथन को हरुत और मारुत से संबंधित आयत के साथ जोड़ते हैं। अल-तफ्ताज़ानी (1322 ईस्वी -1390 ईस्वी) ने अपने 'अक़ैद अल-नसाफ़ी' में कहा है कि फ़रिश्ते अनजाने में गलती कर सकते हैं, लेकिन अविश्वासी नहीं बन सकते। वह पुष्टि करता है कि हारुत और मरुत वास्तव में स्वर्गदूत हैं, जिन्होंने जादू सिखाया है, लेकिन उन्होंने

इसे कभी स्वीकार नहीं किया, इसलिए पाप नहीं किया। हालाँकि वह इबलीस के स्वर्गदूतीय स्वभाव को अस्वीकार करता है। हारूत और मरुत को गिरा हुआ नहीं बल्कि फटकारा हुआ बताया गया है। अल-दामिरी (1341-1405) का तर्क है कि हारूत और मारुत की कहानी अविश्वसनीय थी और हसन अल बसरी और इब्न अब्बास के बयानों से उनके विचार का समर्थन करता है, हालांकि स्वीकार करता है कि इबलीस एक बार एक दूत था। वह इस तर्क का उपयोग इस दावे का खंडन करने के लिए करता है कि जुरहुम एक पतित देवदूत के वंशज थे। रूमी की प्रमुख रचना मसनवी में, पाठक को हरुत और मरुत की कहानी को याद करने की सलाह दी जाती है, और कैसे उनकी आत्म-धार्मिकता उनके निधन का कारण बनी। दूसरी ओर, अल-कलबी (737 ईस्वी - 819 ईस्वी) ने पहले के गैर-इस्लामिक स्रोतों के साथ कुरान की कथा को समेट लिया, जिसमें पृथ्वी पर उतरने वाले तीन स्वर्गदूतों का उल्लेख किया गया था, और उन्हें हनोक की तीसरी किताब से नाम दिया गया था। उन्होंने समझाया कि उनमें से एक स्वर्ग लौट आया, क्योंकि उसने अपने पाप का पश्चाताप किया और अन्य दो ने पृथ्वी पर अपना नाम बदलकर हरुत और मारुत रख लिया।

मुस्लिम विद्वान अंसार के अनुसारअंसार अल-अदल, कविता की कई व्याख्याएं कथित जूदेव-ईसाई स्रोतों से उत्पन्न हुई हैं जो कुरानिक व्याख्या के कुछ कार्यों में दर्ज की गईं, जिन्हें तफ़सीर कहा जाता है। इन छंदों के बारे में कई कहानियाँ प्रसारित की गई हैं, फिर भी सभी एक ही मूल कहानी के आसपास केंद्रित हैं। यद्यपि स्वयं कुरान द्वारा व्याख्या नहीं की गई है, अल-कलबी और अल-थलाबी जैसे मुस्लिम भाष्यकार, आमतौर पर उनके निवास के कारण को 3 हनोक से ज्ञात पहरेदारों से संबंधित एक कथन से जोड़ते हैं। जैसे 3 हनोक में, स्वर्गदूतों ने मनुष्यों के अधर्म के बारे में शिकायत की, जिसके बाद परमेश्वर ने एक परीक्षा की पेशकश की, कि स्वर्गदूत उनमें से तीन को पृथ्वी पर उतरने के लिए चुन सकते हैं, जो शारीरिक इच्छाओं से संपन्न हैं, और यह साबित करते हैं कि वे समान परिस्थितियों में मनुष्यों से बेहतर करेंगे। तदनुसार, वे Aza, Azzaya और Azazel चुनते हैं। हालाँकि, अज़ाजेल ने अपने फैसले पर पश्चाताप किया और भगवान ने उसे वापस स्वर्ग जाने की अनुमति दी। अन्य दो स्वर्गदूत परीक्षण में विफल रहे और उनके नाम बदलकर हारुत और मारुत कर दिए गए। वे मनुष्यों को अवैध जादू-टोने से परिचित कराते हुए पृथ्वी पर समाप्त हो गए।

अंग्रेजी में कुरान के अनुवादक अब्दुल्ला यूसुफ अली का दावा है कि इस कहानी का स्रोत यहूदी मिडराश हो सकता है:

मिडराश में यहूदी परंपराओं में दो स्वर्गदूतों की कहानी थी, जिन्होंने अल्लाह से धरती पर आने की अनुमति मांगी, लेकिन प्रलोभन के आगे झुक गए, और सजा के लिए बाबुल में उनके पैरों से लटका दिए गए। पाप करने वाले स्वर्गदूतों के बारे में ऐसी कहानियाँ जिन्हें सजा के लिए नीचे गिराया गया था, उन पर प्रारंभिक ईसाइयों ने भी विश्वास किया था (देखें ॥ पतरस 2:4, और एपिस्टल ऑफ़ जूड, छंद 6)।

इसके विपरीत, इस्लामी अध्ययन के क्षेत्र में सबसे हाल के शोध ने यह स्थापित किया है कि हरुत और मारुत कथा से निपटने वाले मिडराश के लिए जल्द से जल्द संभव तारीख, 11 वीं शताब्दी से है और इस प्रकार 400 से अधिक वर्षों से इस्लाम के आगमन के बाद की तारीख है:

बड़े साहित्यिक कॉरपोरा के बीच "हारुत और मारुत की कथा" और मिडराश के विकसित आख्यानों की सावधानीपूर्वक तुलना, जिसके भीतर वे एम्बेडेड हैं, यह सुझाव देते हैं कि मुस्लिम हरुत वा-मारुत परिसर कालानुक्रमिक रूप से और साहित्यिक रूप से यहूदी मिडराश के स्पष्ट संस्करणों से पहले है। संभावित रूप से कहानी का सबसे पुराना इब्रानी रूप लगभग ग्यारहवीं शताब्दी का है, मुस्लिम साक्ष्यों के ढेर के कई सौ साल बाद।

इसी तरह, पेट्रीसिया क्रोन का तर्क है, कि मिडराश ने वास्तव में मुसलमानों से कहानी को अनुकूलित किया था, लेकिन नाम बदलकर अज़ाज़ेल और सम्यज़ा कर दिया गया था, जो पहले के अन्य यहूदी धर्मग्रंथों में गिरे हुए स्वर्गदूतों के लिए शब्द थे, हालांकि, रब्बीनिक यहूदी धर्म द्वारा अप्रामाणिक माना जाता था।

सदर अल-दीन अल-शिराज़ी का मानना है कि स्वर्गदूतों को मुजर्रदत माना जाता है जो "आंतरिक रूप से समझदार" हैं और भौतिक अस्तित्व की सीमाओं से मुक्त हैं। एक मुजर्रद, जैसा कि शिराज़ी द्वारा वर्णित है, जरूरी नहीं कि "मन में एक अमूर्तता के रूप में मौजूद हो"। यह ईश्वर, देवदूतों या बुद्धि के मामले में एक ठोस वास्तविकता हो सकती है।

प्रसिद्ध तफ्सीर (पवित्र क़ुरआन की व्याख्या) में वर्णन

तफ्सीर इब्ने कसीर

सुलेमान (सोलोमन) के जीवनकाल में शैतानों (शैतानों) ने जो दिया (जादू का झूठा) उसका पालन किया। सुलेमान ने अविश्वास नहीं किया, बल्कि शैतानों ने अविश्वास किया, पुरुषों को जादू सिखाते हुए,

अस-सुद्दी ने कहा कि अल्लाह का कथन,

وَاتَّبَعُواْ مَا تَتْلُواْ الشَّيَاطِينُ عَلَى مُلْكِ سُلَيْمَانَ

(उन्होंने सुलेमान के जीवनकाल में शैतानों (शैतानों) ने जो दिया (जादू का झूठा) उसका पालन किया) का अर्थ है,

'"पैगंबर सुलेमान के समय के दौरान।'

पहले से, शैतान स्वर्ग में चढ़ते थे और स्वर्गदूतों की बातचीत को सुनते थे कि मृत्यु, अन्य घटनाओं या अनदेखी मामलों के बारे में पृथ्वी पर क्या घटित होगा।

वे इस खबर को ज्योतिषियों तक पहुँचाते थे, और भविष्यवक्ता बदले में लोगों को खबर पहुँचाते थे। लोग विश्वास करेंगे कि ज्योतिषियों ने उन्हें सच होने के बारे में बताया था।

जब सूदखोरों ने शैतानों पर भरोसा किया, तो शैतानों ने उनसे झूठ बोलना शुरू कर दिया और उनके द्वारा सुनी गई सच्ची खबर में दूसरे शब्दों को जोड़ दिया, इस हद तक कि प्रत्येक सच्चे शब्द में सत्तर झूठे शब्द जोड़ दिए। लोगों ने इन शब्दों को कुछ पुस्तकों में दर्ज किया। इसके तुरंत बाद, इज़राइल के बच्चों ने कहा कि जिन्न अनदेखे मामलों को जानते हैं।

जब सुलैमान को भविष्यद्वक्ता के रूप में भेजा गया, तो उसने इन पुस्तकों को एक सन्दूक में इकट्ठा किया और अपने सिंहासन के नीचे गाड़ दिया; कोई भी शैतान जो बॉक्स के पास जाने की हिम्मत करता था, जल जाता था।

सुलैमान ने कहा, 'मैं किसी ऐसे व्यक्ति की बात नहीं सुनूंगा जो कहता है कि भूत अनदेखे को जानते हैं, परन्तु मैं उसका सिर काट डालूंगा।'

जब सुलैमान मरा और जो विद्वान सुलैमान के विषय में सत्य जानते थे वे नाश हुए, तब दूसरी पीढ़ी आई। उनके लिए, शैतान एक मानव के रूप में प्रकट हुआ और इस्राएल के कुछ बच्चों से कहा, 'क्या मैं तुम्हें एक ऐसे खजाने में ले जाऊं जिसे तुम कभी इस्तेमाल नहीं कर पाओगे?'

उन्होंने कहा। 'हाँ।'

उसने कहा, 'इस सिंहासन के नीचे खोदो' और वह उनके साथ गया और उन्हें सुलैमान का सिंहासन दिखाया।

उन्होंने उससे कहा, 'निकट आओ।'

उसने कहा, 'नहीं। मैं यहाँ तुम्हारी प्रतीक्षा करूँगा, और यदि तुम्हें खजाना न मिले तो मुझे मार डालना।'

उन्होंने खुदाई की और कब्र की किताबें पाईं, और शैतान ने उनसे कहा, 'सुलैमान ने केवल इस जादू से मनुष्यों, शैतानों और पक्षियों को वश में किया।'

इसके बाद, यह खबर कि सुलैमान एक जादूगर था, लोगों के बीच फैल गया और इस्राएल के बच्चों ने इन पुस्तकों को अपना लिया। जब मुहम्मद आए, तो उन्होंने इन किताबों के आधार पर उनसे विवाद किया। इसलिए अल्लाह का बयान,

وَمَا كَفَرَ سُلَيْمَانُ وَلَـكِنَّ الشَّيَاطِينَ كَفَرُواْ

(सुलेमान ने अविश्वास नहीं किया, लेकिन शयातिन (शैतान) ने अविश्वास किया)।

हारुत और मारुत की कहानी और स्पष्टीकरण कि वे देवदूत थे

अल्लाह ने कहा,

وَمَا أُنزِلَ عَلَى الْمَلَكَيْنِ بِبَابِلَ هَارُوتَ وَمَارُوتَ

और ऐसी बातें जो बाबुल में उन दो स्वर्गदूतों हारूत और मारूत पर उतरीं,

<u>इस कहानी को लेकर मतभेद है।</u>

ऐसा कहा गया कि अल-कुर्तुबी ने कहा कि;

यह अयाह इनकार करता है कि कुछ भी दो स्वर्गदूतों को भेजा गया था, फिर उसने अयाह को संदर्भित किया,

وَمَا كَفَرَ سُلَيْمَانُ

(सुलेमान ने अविश्वास नहीं किया) यह कहते हुए, "नकार दोनों मामलों में लागू होता है।

अल्लाह ने तब कहा,

وَلَـكِنَّ الشَّيْاطِينَ كَفَرُواْ يُعَلِّمُونَ النَّاسَ السِّحْرَ
وَمَا أُنزِلَ عَلَى الْمَلَكَيْنِ

(लेकिन शयातिन (शैतानों) ने इनकार किया, पुरुषों को जादू और ऐसी चीजें सिखाईं जो बेबीलोन में दो स्वर्गदूतों के पास आईं)।

यहूदियों ने दावा किया कि गेब्रियल और माइकल ने दो स्वर्गदूतों पर जादू किया, लेकिन अल्लाह ने इस झूठे दावे का खंडन किया।

साथ ही, इब्न जरीर ने बताया कि अल-अवफी ने कहा कि इब्न अब्बास ने अल्लाह के बयान के बारे में कहा,

وَمَا أُنزِلَ عَلَى الْمَلَكَيْنِ بِبَابِلَ

(और ऐसी बातें जो बाबुल में उन दो स्वर्गदूतों पर उतरीं),

"अल्लाह ने जादू नहीं भेजा।"
साथ ही, इब्न जरीर ने बताया कि अर-रबी बिन अनस ने इसके बारे में कहा,

وَمَا أُنزِلَ عَلَى الْمَلَكَيْنِ بِبَابِلَ

 (और ऐसी बातें जो उन दो स्वर्गदूतों पर उतरीं),
"अल्लाह ने उन पर जादू नहीं भेजा।"
इब्न जरीर ने टिप्पणी की,
"यह इस अयाह के लिए सही स्पष्टीकरण है,

وَاتَّبَعُواْ مَا تَتْلُواْ الشَّيَاطِينُ عَلَى مُلْكِ سُلَيْمَانَ

(उन्होंने सुलेमान के जीवनकाल में शैतानों (शैतानों) ने जो दिया (झूठा) उसका पालन किया) अर्थ, जादू।
हालाँकि, न तो सुलेमान ने अविश्वास किया और न ही अल्लाह ने दो फ़रिश्तों के साथ जादू भेजा। दूसरी ओर, शैतानों ने अविश्वास किया और हारूत और मारूत के बाबुल के लोगों को जादू सिखाया।"
 इब्न जरीर ने जारी रखा;
 "अगर कोई इस आयत को इस तरह समझाने के बारे में पूछता है, तो हम कहते हैं कि,

وَاتَّبَعُواْ مَا تَتْلُواْ الشَّيَاطِينُ عَلَى مُلْكِ سُلَيْمَانَ

(उन्होंने सुलेमान के जीवनकाल में शैतानों (शैतानों) ने जो दिया (झूठा) उसका पालन किया) का अर्थ है, जादू।
सुलेमान ने न तो कुफ्र किया और न ही अल्लाह ने दो फ़रिश्तों के साथ जादू भेजा। हालांकि, शैतानों ने विश्वास नहीं किया और हारूत और मारूत के बाबुल में लोगों को जादू सिखाया, जिसका अर्थ है गेब्रियल और माइकल, यहूदी जादूगरों के लिए दावा किया कि अल्लाह ने डेविड के बेटे सुलैमान को गेब्रियल और माइकल के शब्दों से जादू भेजा था।
अल्लाह ने इस झूठे दावे का खंडन किया और अपने पैगंबर मुहम्मद से कहा कि गेब्रियल और माइकल को जादू के साथ नहीं भेजा गया था।
अल्लाह ने सुलैमान को जादू-टोना करने से भी बरी कर दिया, जिसे शैतानों ने बाबुल के लोगों को हारूत और मारूत नामक दो आदमियों के हाथों सिखाया था। इसलिए, हारूत और मारूत दो साधारण मनुष्य थे (स्वर्गदूत या गेब्रियल या मीकाईल नहीं)।

ये अत-तबरी के शब्द थे, और यह स्पष्टीकरण प्रशंसनीय नहीं है।

<u>सलाफ में से बहुत से लोगों ने कहा कि:</u>

हारूत और मरूत स्वर्गदूत थे जो स्वर्ग से पृथ्वी पर उतरे और उन्होंने वही किया जो अयाह ने कहा था।

इस मत की पुष्टि इस तथ्य के साथ करने के लिए कि फ़रिश्ते त्रुटि से मुक्त हैं, हम कहते हैं कि अल्लाह को अनंत ज्ञान था कि ये फ़रिश्ते क्या करेंगे, ठीक उसी तरह जैसे उसे शाश्वत ज्ञान था कि इबलीस जैसा उसने किया वैसा ही करेगा, जबकि अल्लाह ने उसे एन्जिल्स,

وَإِذْ قُلْنَا لِلْمَلَائِكَةِ اسْجُدُوا لِآدَمَ فَسَجَدُوا إِلَّا إِبْلِيسَ أَى

(और (याद करो) जब हमने फ़रिश्तों से कहा: "आदम के आगे सजदा करो।" और इबलीस (शैतान) को छोड़कर उन्होंने सिजदा किया, उसने इनकार कर दिया), (20:116), और इसी तरह।

हालाँकि, हारूत और मरूत ने जो किया वह इबलीस, अल्लाह की लानत से कम बुरा था।

अल-कुर्तुबी ने अली, इब्न मस'उद, इब्न अब्बास, इब्न उमर, का'ब अल-अहबर, अस-सुदी और अल-कलबी से इस राय की सूचना दी।

<u>जादू सीखना कुफ्र है</u>

अल्लाह ने कहा,

وَمَا يُعَلِّمَانِ مِنْ أَحَدٍ حَتَّى يَقُولَا إِنَّمَا نَحْنُ فِتْنَةٌ فَلَ ت

लेकिन इन दोनों (फ़रिश्तों) में से किसी ने भी किसी को (ऐसी बातें) नहीं सिखाईं, जब तक कि उन्होंने यह न कह दिया, "हम परीक्षा के लिए हैं, इसलिए अविश्वास न करें (हमसे यह जादू सीखकर)।

अबू जफर अर-रज़ी ने कहा कि अर-रबी बिन अनस ने कहा कि क़ैस बिन अब्बद ने कहा कि इब्न अब्बास ने कहा,

"जब कोई फ़रिश्तों के पास जादू सीखने आता, तो वे उसे हतोत्साहित करते और उससे कहते, 'हम तो बस एक परीक्षा हैं, इसलिए अविश्वास में मत पड़ो।'

उन्हें इस बात का ज्ञान था कि अच्छाई और बुराई क्या है और विश्वास या अविश्वास क्या है, और इस प्रकार वे जानते थे कि जादू अविश्वास का एक रूप है।

जब वह व्यक्ति जो जादू सीखने आया था, फिर भी उसे सीखने पर जोर दिया, तो उन्होंने उसे फलां जगह जाने की आज्ञा दी, जहाँ अगर वह जाता, तो शैतान उससे मिलता और उसे जादू सिखाता।

जब यह आदमी जादू सीखेगा, तो (विश्वास का) प्रकाश उसके पास से चला जाएगा, और वह उसे आकाश में चमकते (और उड़ते हुए) देखेगा। तब वह घोषणा करेगा, 'हे मेरे दुःख! मुझ पर हाय! मुझे क्या करना चाहिए।"

अल-हसन अल-बसरी ने कहा कि इस आयत का मतलब है,

"फ़रिश्तों को जादू के साथ भेजा गया था, ताकि जिन लोगों को अल्लाह ने चाहा, उनकी परीक्षा और परीक्षा हो। अल्लाह ने उनसे वादा किया था कि वे किसी को तब तक नहीं सिखाएंगे जब तक कि वे पहली घोषणा न करें, 'हम आपके लिए एक परीक्षा हैं, अविश्वास में न पड़ें।" '

इसे इब्न अबी हातिम ने रिकॉर्ड किया था।

साथ ही, क़तादाह ने कहा,

साथ ही, क़तादाह ने कहा,

"अल्लाह ने उनसे यह वाचा बाँधी कि वे किसी को जादू न सिखाएँगे, जब तक कि वे यह न कहें, 'हम एक परीक्षा हैं। इसलिए अविश्वास में मत पड़ो।'"

साथ ही, अस-सुदी ने कहा,

"जब कोई मनुष्य दो स्वर्गदूतों के पास आता तो वे उसे सलाह देते, 'अविश्वास में मत पड़ो। हम एक परीक्षा हैं।'

जब वह आदमी उनकी सलाह को अनसुना कर देता, तो वे कहते, 'उस राख के ढेर के पास जाओ और उस पर पेशाब करो।'

जब वह राख पर पेशाब करेगा, तो एक ज्योति, जिसका अर्थ विश्वास का प्रकाश होगा, उससे दूर हो जाएगी और तब तक चमकती रहेगी जब तक वह स्वर्ग में प्रवेश नहीं कर जाती। फिर कोई काला साया जो धुएँ जैसा प्रतीत होता था उतरता और उसके कानों में और उसके शरीर के बाकी हिस्सों में प्रवेश करता, और यह अल्लाह का प्रकोप है। जब उसने स्वर्गदूतों को बताया कि क्या हुआ है, तो वे उसे जादू करना सिखाएँगे।

तो अल्लाह का बयान,

وَمَا يُعَلِّمَانِ مِنْ أَحَدٍ حَتَّى يَقُولَا إِنَّمَا نَحْنُ فِتْنَةٌ فَلَ تَ

(लेकिन इन दोनों (स्वर्गदूतों) में से किसी ने भी किसी को (ऐसी बातें) नहीं सिखाई, यहाँ तक कि उन्होंने कहा था, "हम परीक्षा के लिए हैं, इसलिए अविश्वास न करें (हमसे यह जादू सीखकर)।

सुनैद ने कहा कि हज्जाज ने कहा कि इब्न जुरैज ने इस आयत पर टिप्पणी की (2:102),

"एक अविश्वासी को छोड़कर कोई भी जादू का अभ्यास करने की हिम्मत नहीं करता। फितना के लिए, इसमें परीक्षण और पसंद की स्वतंत्रता शामिल है।"

जिन विद्वानों ने कहा कि जादू सीखना अविश्वास है, वे प्रमाण के लिए इस आयत पर निर्भर हैं। उन्होंने हदीस का भी उल्लेख किया है जिसे अबू बक्र अल-बजार ने अब्दुल्ला से रिकॉर्ड किया है, जिसमें कहा गया है,

مَنْ كَ كَاهِنًا أَا أَوْ سَاحِاحِرًا فَهَ بِمَا يَقُولُ فَذَ كُررر

जो कोई भविष्यवक्ता या जादूगर के पास आया और उसने जो कहा, उस पर विश्वास किया, अल्लाह ने मुहम्मद को जो कुछ बताया, उस पर अविश्वास किया होगा।

इस हदीस में वर्णन की एक प्रामाणिक श्रृंखला है और अन्य हदीसें हैं जो इसका समर्थन करती हैं।

<u>पति-पत्नी के बीच अलगाव पैदा करना जादू के प्रभावों में से एक है</u>

अल्लाह ने कहा,

فَيَتَعَلَّمُونَ مِنْهُمَا مَا يُفَرِّقُونَ بِهِ بَيْنَ الْمَرْءِ وَزَوْجِهِ

और इन (फ़रिश्तों) से लोग सीखते हैं कि किस चीज़ के द्वारा वे एक आदमी और उसकी पत्नी के बीच अलगाव पैदा करते हैं,

इसका अर्थ है, "लोगों ने हारूत और मारुत से जादू सीखा और बुरे कामों में लिप्त हो गए, जिसमें पति-पत्नी को अलग करना शामिल था, भले ही पति-पत्नी एक-दूसरे के करीब हों, और एक-दूसरे के साथ घनिष्ठ रूप से जुड़े हों। यह शैतान का काम है।"

मुस्लिम दर्ज है

मुस्लिम ने दर्ज किया कि जाबिर बिन अब्दुल्ला ने कहा कि अल्लाह के रसूल ने कहा,

शैतान पानी पर अपना सिंहासन खड़ा करता है और अपने दूतों को लोगों के बीच भेजता है। उसके सबसे करीब वही शख्स होता है जो सबसे ज्यादा फितना करवाता है।

उनमें से एक (शैतान) उसके पास आता और कहता, 'मैं अमुक-अमुक को तब तक उकसाता रहा, जब तक उसने ऐसी-ऐसी बातें नहीं कही।'

इब्लीस कहते हैं, 'नहीं, अल्लाह के द्वारा, तुमने बहुत कुछ नहीं किया है।'

एक और शैतान उसके पास आता और कहता, 'मैं फलाने को तब तक उकसाता रहा, जब तक कि मैं उसके और उसकी पत्नी के बीच अलग नहीं हो गया।'

शैतान उसे अपने पास खींच कर गले लगाता और कहता, 'हाँ, तुमने अच्छा किया।'

यहाँ एक पुरुष और उसकी पत्नी के बीच अलगाव इसलिए होता है क्योंकि प्रत्येक पति या पत्नी की कल्पना होती है कि दूसरा पति बदसूरत या असभ्य है, आदि।

अल्लाह की नियुक्त अवधि सब कुछ

अल्लाह ने कहा,

وَمَا هُم بِضَارِّينَ بِهِ مِنْ أَحَدٍ إِلاَّ بِإِذْنِ اللهِ

लेकिन वे इस प्रकार अल्लाह की अनुमति के बिना किसी को नुकसान नहीं पहुंचा सकते थे।

सुफयान अथ-थौरी ने टिप्पणी की,

"अल्लाह की नियत अवधि के अलावा।"

इसके अलावा, अल-हसन अल-बसरी ने कहा कि,

"अल्लाह जादूगरों को अनुमति देता है कि वह जिसे चाहे बुरी तरह से प्रभावित कर दे और जिससे चाहे बचा ले। जादूगर अल्लाह की अनुमति के बिना किसी को नुकसान नहीं पहुंचाते।"

अल्लाह का बयान,

और वे वह सीखते हैं जो उन्हें हानि पहुँचाता है और लाभ नहीं पहुँचाता।

अर्थात इससे उनके धर्म को हानि पहुँचती है और हानि की तुलना में उसका कोई लाभ नहीं होता।

और वास्तव में वे जानते थे कि इसके (जादू) खरीदने वालों का आख़िरत में कोई हिस्सा (ख़लाक़) नहीं होगा।

अर्थ, "यहूदी जो अल्लाह के रसूल का अनुसरण करने पर जादू करना पसंद करते थे, वे जानते थे कि जो लोग एक ही त्रुटि करते हैं, उनके लिए भविष्य में कोई खालक नहीं होगा।"

इब्न अब्बास, मुजाहिद और अस-सुद्दी ने कहा कि;

'नो खालक' का मतलब है, 'कोई हिस्सा नहीं।'

अल्लाह ने तब कहा,

وَلَبِئْسَ
مَا شَرَوْاْ بِهِ أَنفُسَهُمْ لَوْ كَانُواْ يَعْلَمُونَ

संदर्भ - तफ्सीर इब्ने कसीर

तफ्सीर माजिदी
मौलाना अब्दुल माजिद दरियाबादी
सूरा अल बकरह **2**, आयत **102**

102. (शैवाल,) और जो कुछ शैतानों ने सुलेमान की हुकूमत में पढ़ा था, उसी पर चलते हैं। और सुलेमान ने निन्दा नहीं की, 443 परन्तु शैतानों ने निन्दा की, और लोगों को जादू सिखाया। और वे बाबिल में हारुत और मारुत दो स्वर्गदूतों के लिए जो कुछ भी भेजा गया था उसका भी पालन करते हैं। उन दोनों ने किसी को तब तक शिक्षा नहीं दी जब तक उन्होंने यह न कह दिया कि हम तो प्रलोभन हैं, इसलिये निन्दा न करो।

लेकिन उन्होंने उन दोनों से यह सीखा कि किस तरह वे एक आदमी को उसकी पत्नी से अलग

कर सकते हैं, हालाँकि वे अल्लाह की इच्छा के अलावा किसी को नुकसान नहीं पहुँचा सकते।

और उन्होंने जान लिया है कि जिस चीज़ से उन्हें हानि होती है और जिस चीज़ से उन्हें

लाभ नहीं होता।

और वे निश्चित रूप से जानते थे कि जो कोई उसकी तस्करी करेगा, उसका आख़िरत

में कोई हिस्सा नहीं। और निःसन्देह वह कीमत घृणित है जिसके बदले में उन्होंने अपना

सौदा किया है; क्या वे जानते होंगे!

438. मैं. ., अरब के यहूदी, जो भूत भगाने के अपने कारनामों के लिए जाने जाते थे और जादू. जादू का चलन पूरे प्राचीन इज़राइल में आम था। जादू का ज्ञान मुख्य परिषद या न्यायपालिका के सदस्य के लिए अपरिहार्य था, और इसे अन्यजातियों से भी प्राप्त किया जा सकता था। सबसे गहन विद्वान काली कला में निपुण थे, और कानून ने इसकी शक्ति से इनकार नहीं किया। जो लोग विद्वानों के विचारों की कम परवाह करते थे, वे जादू-टोना के प्रति समर्पित थे। "व्यभिचार और जादू-टोने ने सब कुछ नष्ट कर दिया है; ईश्वर की महिमा इसराइल से चली गई... भूत भगाने का जादू भी फला-फूला... ग्रीको-रोमन दुनिया यहूदियों को जादूगरों की एक जाति के रूप में मानती थी।" (जे.ई. आठवीं पृ. 255)।

448. (मानव रूप में)।

449. मैं. ., बेबीलोनिया, सभी प्राचीन काल में जादू और जादू टोने का सबसे मजबूत गढ़। 'यह राक्षसों को भगाने के लिए था जो इतना बड़ा, इतना असंगत था कि बेबीलोनिया और निनेवा के धर्मों का एक हिस्सा समर्पित था।' (रोजर्स, रिलिजन ऑफ बेबीलोनिया

एंड असीरिया, पृष्ठ 145) 'सूथसेइंग और भूत भगाने की विद्या इतनी अधिक है कि यह

संपूर्ण बेबीलोनियाई धार्मिक साहित्य का मुख्य घटक बन गई है।' (ईआरई. II. पृष्ठ 116)।

'जैसा कि चाल्डियन का मतलब बेबीलोनियाई था... इसलिए फ़ारसी विजय के बाद ऐसा लगता है कि यह बेबीलोनियाई साहित्यिकता को दर्शाता है और भविष्यवक्ता या ज्योतिषी का पर्याय बन गया है। इस अर्थ में यह शास्त्रीय लेखकों में चला गया।' (ईबीआई. सी. 721)। यह उन लोगों के बीच था जो काले जादू की कला में इतनी गहराई से डूबे हुए थे, और ऐसे समय में जब पैगम्बर और संत, और आम तौर पर भगवान के लोग, लोकप्रिय दिमाग में,

जादूगरों, जादूगरों, भविष्यवक्ताओं और जादूगरों के साथ मिश्रित हो गए थे, मानव रूप

में दो विशेष स्वर्गदूतों को, प्रचलित गलत धारणाओं को ठीक करने के लिए, ईश्वर के

वास्तविक पुरुषों को 'अध्यात्मवादियों' और ओझाओं से अलग करने के लिए नियुक्त

किया गया था; और लोगों में भविष्यवक्ता के प्रति सम्मान और श्रद्धा पैदा करना।

450. इसकी प्रकृति को दर्शाने या समझाने के माध्यम से ज्ञात कराया गया।" रुग्ण जिज्ञासा और दुष्ट प्रवृति के व्यक्ति दोनों के पास

एकत्र हुए, और उनसे विस्तार से जानने के बहाने कि क्या जादू था और क्या हुआ इक सूरत-उल-बकराह नहीं, उन्हीं प्रथाओं और उपकरणों को सीखने की कोशिश की जिनका यह मिशन था अतिरिक्त सावधानी के उपाय के रूप में)। जब तक उन्होंने यह अतिरिक्त

सावधानी नहीं बरती, तब तक स्वर्गदूतों ने किसी को जादू नहीं दिखाया।

453. (जिससे अच्छे और बुरे के संबंध में मनुष्य की स्थिति स्पष्ट होती है)।

एक्स; 'एक परीक्षण, या परिवीक्षा, और कष्ट... और विशेष रूप से एक कष्ट का प्रतीक है

जिससे किसी की कोशिश की जाती है, साबित किया जाता है, या परीक्षण किया जाता है.... या एक साधन जिससे एक की स्थिति निर्धारित की जाती है

मनुष्य भले और बुरे के संबंध में प्रगट होता है; इसलिए इसका अर्थ अक्सर प्रलोभन होता

है।' (12) فتنة اى اختبار و ابتلاء . . (एलएल)

454. (इन शैतानी शिल्पों को अपनाने और अभ्यास करने से भगवान का नाम)।

का स्थिति के तर्क द्वारा दोहराए जाने पर भी, खुद के बावजूद, नापाक सूत्र ने हमेशा इस चेतावनी के साथ शुरुआत की। 455.

मैं. ., दुष्ट लोग, जैसे कि अधिकांश बेबीलोनवासी थे।

456. मैं. ., सीखने में कामयाब रहे; का ज्ञान छीन लिया-- 457.

"जादू का सबसे सामान्य रूप प्रेम-आकर्षण था, विशेष रूप से अवैध प्रेम के लिए आवश्यक प्रेम-आकर्षण। ऐसा जादू विशेष रूप से महिलाओं द्वारा किया जाता था ताकि जादू

और व्यभिचार का अक्सर एक साथ उल्लेख किया जाता है... एक्सोडस के उन अंशों का

संदर्भ जिसमें जादू-टोना का उल्लेख है, स्पष्ट रूप से दर्शाता है कि यह यौन लाइसेंस और अप्राकृतिक बुराइयों से जुड़ा था। (जेई. आठवीं. पृष्ठ 255)

458. मैं. ई., उन आकर्षण और मंत्रमुग्धता के साथ। इसलिए किसी भी मन में जादू-टोने की

शक्ति और प्रभाव के बारे में कोई अंधविश्वासी डर पैदा नहीं होना चाहिए।

459. मैं. ., सिवाय उसके भौतिक नियमों के अनुसार जिसके अधीन जहर काम करता है और आपदाएँ, बीमारियाँ और व्यक्ति के दृष्टिकोण से अवांछनीय सभी घटनाएँ हर दिन घटित होती हैं। केवल 'अनुमति या छुट्टी' ही नहीं बल्कि 'इच्छा' भी है।

463. तुम जादू-टोना भी मत करना।' (लै. 19:26) "तुम्हारे बीच में कोई ऐसा न पाया जाए जो अपने बेटे वा बेटी को आग में होम करके चढ़ाए, या भावी कहनेवाला, या काल को देखनेवाला, या तन्त्री, वा टोनही, वा सपेरा या भूत-प्रेतों का परामर्शी, वा भूत-प्रेत, वा भूत-प्रेत, क्योंकि जो ऐसे काम करते हैं वे सब यहोवा की दृष्टि में घृणित हैं, और इन घृणित कामों के कारण तेरा परमेश्वर यहोवा उनको तेरे साम्हने से निकाल देता है।' (दिनांक 18; 10-12)

तफ्सीर तफ्सीरूल कुरआन
सर सैयद अहमद खां
सूरह अल-बकरह **2,** आयत **102**
अमीदोन ने कहा कि शिलवार को जाना जाता है, जैसा कि मूसा से पहले पूछा गया था, और जो कोई विश्वास के साथ विश्वास का पालन

करता है, वह सही रास्ते पर आ जाता है।

क्या आप अपने पनीर पर सवाल उठाना चाहते हैं जैसा कि पहले मूसा से पूछा गया था, और जो कोई भी विश्वास का विरोध करता है वह कुफ्र से भटक गया है और सीधे रास्ते से भटक गया है (102)

या उन लोगों की बुद्धि संतुष्ट हो गई है जो सर्वशक्तिमान ईश्वर के प्रति उनकी आज्ञाओं को पूरा करने के लिए प्रसिद्ध हैं:

आत्माओं के बारे में प्राचीन यहूदी दृष्टिकोण उस समय की दुनिया से कितना भिन्न था। उस समय आत्मा को एक अभौतिक वस्तु समझा जाता था और पदार्थ को आत्मा तथा आत्मा को माता माना जाता था, परन्तु यहूदियों ने इब्रानी शब्द आत्मा का कोई अर्थ

नहीं लिया, परन्तु इसे एक अदृश्य अवतार मानते थे। जो हर किसी को शुद्ध हवा या दुर्लभ आग के रूप में सोचते थे, और जब वे प्राचीन स्वर्गदूतों को आत्मा कहते थे, तो उन्हें उनके शरीर से वंचित कर दिया जाता था। संत पॉल, जिन्होंने अपने पहले पत्र, मुसोसाकर निहियान, अध्याय 15, पाठ 4 में लिखा था, रानियों का मानना था कि वे केवल भौतिक गंदगी से मुक्त हो सकते हैं,

यह दर्शाता है कि उन्होंने आध्यात्मिक शरीर भी स्वीकार किए थे। यहूदियों और ईसाइयों

की सात पुस्तकों में आध्यात्मिक मन पाए जाते हैं, जिनकी अस्तित्व की स्थिति अलग-अलग होती है, और जिन्हें एक स्वर्गीय समूह घोषित किया जाता है, जिनके प्रमुख स्वयं ईश्वर हैं, पुस्तक, पाठ और सुसमाचार के लेखक हैं। मैथ्यू अध्याय 26, पाठ 3. ल्यूक के सुसमाचार में, अध्याय 3, श्लोक 13, नामा अब्दा ज़ियान, अध्याय 12, पाठ 22 और 23 में, हमें एक जहाज़ मिला, बल्कि, ऐसा प्रतीत होता है कि बहुत सारे जहाज़ या लाखों हैं फ़रिश्ते। गफ़िरों के इतने बड़े समूह के भीतर अलग-अलग स्तर और अलग-अलग विशेषताएँ होनी चाहिए। ताकि मनुष्य से लेकर ईश्वर तक अस्तित्व की एक ऐसी शृंखला स्थापित हो जाए जो पवित्र और निम्नतम नासमझ प्राणियों के बीच के अंतर को जोड़ दे। हवा और वे

इसमें कोई संदेह नहीं है कि यहूदियों की प्राचीन पवित्र पुस्तकों में, बाबुल की कैद से पहले लिखी गई पुस्तकों का अर्थ स्पष्ट रूप से नहीं बताया गया है, लेकिन निर्वासन के समय में कुता, और उनकी उन किताबों में जो बाद में

लिखी गई हैं, कैद की अवधारणा ने आकार ले लिया है, और विशेष रूप से हज़रत दानियाल और हज़रत ज़कारिया के लेखन में, यह विचार पाया जा सकता है। मैं ईमानदारी से रहता हूं, और स्वर्गदूतों का काम लेता हूं मेरे कार्यकर्ताओं के रूप में।

हज़रत दानियाल ने हज़रत माइकल देवदूत को महान उपहार दिए हैं। यह प्रथम सांत्वना

के पाठ 9 और अध्याय 21 पाठ 16 से ज्ञात होता है। हो सकता है कि यह विचार कि स्वर्गदूतों की अलग-अलग स्थिति होती है, केवल यहूदियों के लिए ही विशिष्ट नहीं थी , लेकिन यीशु के शिष्यों का भी यही विचार था, हां, यह सच है कि बाद के यहूदियों ने स्वर्गदूतों के बीच जीवन का जो विभाजन स्थापित किया है, वही है।

यहूदी धर्मग्रंथों में, देवदूत हमेशा मानव रूप में अवतरित होते थे, और इस बात का कोई संकेत

नहीं है कि नाई वास्तविक थे। प्राचीन लोग निश्चित रूप से जानते थे कि इन पिंडों का पदार्थ हमारे शरीरों के समान नहीं बनता

तफ्सीर सनाई

मौलाना सनाउल्लाह अमृतसरी

हारुत मरुत ने अविश्वास किया है और सुलेमान के समय में दुष्ट शैतान जो बेतुकी बातें पढ़ते और अभ्यास करते थे, उन पर फिर से चले गए हैं, जिनमें अविश्वास की बहुत सी बातें थीं। ऐसा नहीं लगता कि वह भी इसमें भागीदार था। हशा और काला सुलेमान कभी अविश्वास नहीं करते थे, लेकिन दुष्ट शैतान यानी हरुत मारुत अविश्वास करते थे और जनता में अविश्वास फैलाते थे।

(डेविल्स) टीकाकारों ने इस श्लोक के बारे में अजीब कहानियाँ भर दी हैं। कुछ हज़रत सुलेमान (उन पर शांति हो) से संबंधित हैं और कुछ हरुत मारुत से संबंधित हैं। किसी

ने हारुत और मारुत को फ़रिश्ते बनाकर आदम की सन्तान बनाया और उन्हें धरती पर लाया और किसी ने वेश्याओं का सत्कार नहीं किया और शराब नहीं पी और मूर्तियों के सामने झुकना नहीं चाहा और फिर ईश्वर ने उन्हें इस दुनिया और आख़िरत और उनके लोगों की सज़ा में भलाई दी .ऐसा कहा जाता है कि यह जादू आदि सिखाता है। लेकिन इमाम रज़ी जैसे शोधकर्ताओं ने इन सभी कहानियों को मिथक और झूठ माना है

मैंने जो अनुवाद अपनाया है वह कुर्तुबी द्वारा पसंद किया गया है। इसलिए, तफ़सीर इब्न कथिर और फ़तेह अल-बयान आदि में उल्लेख किया गया है कि मौलाना नवाब मुहम्मद सिद्दीक हसन खान, मृतक ने भी नकल की है, लेकिन यह पसंद किया है कि हरुत मारुत शैतानों से अलग है, जिसे दूसरे शब्दों में कहा

जाना चाहिए कि दो लोग शैतानों से हारूत हैं, मारूत मतलब हैं। यदि आप पवित्र क़ुरआन की आयतों पर विचार करें तो यह ज्ञात होता है क्योंकि पहली आयतों में ईश्वर ने जादू सिखाने के शैतान के कार्य का वर्णन किया है। ऐसा कहा जाता है कि दोनों शिक्षाओं के शिक्षक एक ही हैं, अर्थात् शैतान, क्योंकि यह यह बहुत ही कुरूप और परेशान करने वाली वाक्पटुता है कि सामान्य क्रिया के उल्लेख के अवसर पर किसी को क्रिया समझ लिया जाए और विस्तार के अवसर पर किसी और को क्रिया समझ लिया जाए। सवाल यह है कि यह बदलाव मुंह यानी शैतानों का जमावड़ा है और बदलाव मुश्किया है. तो इसका उत्तर यह है कि परिवर्तन में मण्डली अनुयायी की होती है और परिवर्तन स्वयं का होता है, इसलिए आयत का अर्थ बिल्कुल स्पष्ट है कि यहूदी इस मामले में शिकायत कर रहे हैं कि ईश्वर की पुस्तक के अलावा, वे रहस्योद्घाटन का पालन नहीं करते। पीछे पड़ गए। दूसरी ओर, वे इन झूठी मान्यताओं और झूठों का श्रेय बुजुर्गों को देते हैं और कहते हैं कि हजरत सुलेमान ने ये बातें सिखाईं। और परमेश्वर के दो स्वर्गदूत, गेब्रियल माइकल, उस पर आये। इसलिए इस आयत में उन्हें इस बात से इनकार किया गया है कि ये बातें उनके मिथकों से हैं। न तो सुलेमान ने उन्हें सिखाया, न ही किसी पैगंबर ने उन्हें सिखाया, लेकिन उस समय के बुरे लोग, जिनके नेता हरूत मारूत थे, ने लोगों को ऐसी बातें सिखाईं। रकीम कहते हैं कि आज मुसलमानों की यही स्थिति है। उनकी मान्यताओं में ऐसी त्रुटियाँ हैं कि ईश्वर न करे, कोई कहे कि पीर साहब ने शहीदों की खातिर बारह वर्ष का डूबा हुआ

कष्ट निकाल लिया। कोई कहता है कि पीर साहब ने कई हजार रुपयों में अजराइल से एक मुरीद का पुनरुत्थान छुड़ा लिया। कोई कहता

है कि पवित्र पैगंबर (PBUH) स्वयं मजलिस-ए-मोलावूद में आए हैं और उनके दिमाग में अजीब मिथक रखे हैं। जिन मिथ्या धारणाओं का खंडन करने के लिए ईश्वर ने हजारों पैगम्बरों को भेजा था, उन्हें मुसलमानों ने अपना लिया है। शिर्क है गोवा का इस्लाम पर हमला बुद्धिमान लोगों के लिए कायरतापूर्ण तरीका है, लेकिन बहुत कम लोग इसे समझते हैं। और लोग वही बातें कहते थे जिनसे उनको हानि पहुंचती थी और जो उन पर घटित न होती थी, और लोगों को जादुई बातें और झूठ सिखाते थे, और भांति भांति से लोगों को भरमाते थे। यह भी ज्ञात होगा कि ये शब्द बाबुल शहर में दो स्वर्गदूतों गेब्रियल माइकल, जादू टोना के स्वर्गीय ज्ञान को प्रकट किए गए थे, हालांकि वे बाल के (शहर) में इन दो स्वर्गदूतों को प्रकट नहीं किए गए थे, और वहां कोई नहीं था आसमानी ज्ञान, लेकिन यह इन हरूत मरूत की एक चाल मात्र थी। इस कारण उनका एकमात्र भरोसा नहीं था क्योंकि उनकी आदत थी कि वे

बहुत बातें करते थे और किसी को जादू नहीं सिखाते थे जब तक कि वे यह न कह दें कि हम खुद एक जाल में फंसे हुए हैं। बुरा चरित्र। इसलिए अगर हम कहें कि हमारे लिए ऐसी बातें सीखना जरूरी है, तो अज्ञानियों के बीच उनका और भी प्रभाव बढ़ जाता और लोगों के बीच यह बात फैल जाती कि सैन साहब बहुत बुरे मूड में हैं। इस समय धोखेबाज पैरों का काम। यहां तक कि लोगों ने उनसे नफरत नहीं की, लेकिन उनसे वे शब्द सीखे जिनके कारण पति अपनी पत्नियों को अलग कर देते थे और बदले में व्यभिचारियों से कुछ कमाते थे और भगवान के क्रोध को भड़काते थे। यह मत सोचो कि उनके मुँह में कोई गुण था या उनकी लेखनी में कोई प्रभाव था कि वे जिसे चाहते थे उसे हानि पहुँचाते थे और क्षमा कर देते थे, बल्कि उनके शब्द औषधि के समान थे, जब वे ईश्वर की अनुमति के बिना किसी को हानि नहीं पहुँचा सकते थे, क्योंकि ईश्वर की क़ानून कहता है कि हर काम इंसान पर अपना उचित प्रभाव डालता है। जैसे ज़हर उनके लिए हानिकारक था, लेकिन उन्होंने इसे बड़े मजे से इस्तेमाल किया, और सर्वशक्तिमान ईश्वर ने उनकी आदत के अनुसार उस पर संकेत निर्धारित किए होंगे, लेकिन उन लोगों को यह समझ में नहीं आया। गुप्त और वही सीखते हैं जो उन्हें सिखाया जाता है। वे हर तरह से शारीरिक और आध्यात्मिक नुकसान पहुंचाते हैं और किसी भी तरह से लाभ नहीं पहुंचाते। आश्चर्य की बात है कि इस युग के ज्ञान के दावेदारों ने भी उनका अनुसरण किया है।

यह विश्वासों का मामला है, कार्यों के लिए पूछने का नहीं। वे अपने पूरे जीवन में सांसारिक चीजें करेंगे। लोकप्रिय विज्ञान, जो केवल सांसारिक जीवन के कुछ दिनों के लिए हैं, आठवें पर कुरान की दो आयतों को कहे बिना सीखते हैं दिन। हमने दुर्भाग्य से यह सब किया देखना था.

तफ्सीर दावतुल कुरान

शम्स पीर जादा

119. यहाँ शैतान से तात्पर्य उन दुष्टात्मा व्यक्तियों से है जो ताबीज, जादू, तंत्र-मंत्र, ताबीज, गांठदार डोरे आदि के माध्यम से लोगों को अंधविश्वासों और मूर्खतापूर्ण कार्यों में फंसाते हैं और उन्हें यथार्थवादी नहीं बनने देते। एक बार जब वे इसमें शामिल हो जाते हैं, तो उसके बाद उन्हें न तो ईश्वरीय ग्रंथ में कोई रुचि होती है और न ही सच्चे उद्देश्य में।
यहूदियों के पतन के वर्षों के दौरान उन्होंने
अल्लाह की किताब (तोराह) को अपनी पीठ के पीछे रख दिया और इसके बारे में सब भूल गए और जादू और जादू टोना के पीछे लग गए। बेबीलोन में गुलामी के दौरान

उनकी यही प्रथा थी और उसके बाद भी यहूदियों का एक या दूसरा समूह इन बुरे कृत्यों में लिप्त रहता था, यहाँ तक कि जब अरब के पैगंबर ने अपनी भविष्यवाणी की घोषणा की, जो काफी हद तक भविष्यवाणियों के अनुरूप थी। टोरा, उन्होंने उस पर कोई ध्यान नहीं दिया और ईश्वरीय धर्मग्रंथ की उपेक्षा करते हुए जादू और जादू-टोने के पीछे चले गए, जिससे विश्वास और व्यवहार में भ्रष्टाचार हुआ। उन्हें जादू में रुचि थी क्योंकि वे वास्तविकताओं की दुनिया में नहीं बल्कि जादुई रहस्यों की दुनिया
में रहना चाहते थे।
जिन लोगों ने जादू को अपना पेशा बना लिया
था, वे लोगों को यह कहकर गुमराह करते थे कि पैगंबर सुलेमान ने जो अतुलनीय साम्राज्य
स्थापित किया था और जिन्नों को वश में करने
की अद्भुत उपलब्धि जादू के बल पर ही हासिल की थी। कुछ लोगों ने 'अला मुल्क-ए-सुलेमान' शब्द का अनुवाद 'सुलेमान के काल में' किया है, जो न तो शब्दकोष के अनुसार सही है और न ही तथ्य के
अनुसार। शब्दकोष में मुल्क-ए-सुलेमान का अर्थ सुलेमान का साम्राज्य है, न कि सुलेमान का काल या सुलेमान का काल और 'अला' शब्द का प्रयोग श्रेय के अर्थ में किया जाता है, जैसा कि आयत 'यफ्तारौना अलल्लाहिल काजीबा' में किया गया है। . (तफ़सीर रज़ी देखें)। और पैगंबर सुलेमान ने जिन्नों को अपने अधीन कर लिया था और उनका राज्य एक पैगंबर द्वारा स्थापित एक इस्लामी राज्य था; फिर उसके शासनकाल में बुरे इरादे
वाले लोगों को गुमराही को बढ़ावा देने के
लिए जादू और जादू-टोने की शिक्षा फैलाने की
अनुमति कैसे दी जा सकती है।
120. सुलेमान एक पैगम्बर थे और उनका काल ईसा से दस शताब्दी वर्ष पूर्व था। उसका एक वैभवशाली राज्य था। हवाओं, पक्षियों और जिन्नों को उसके अधीन कर दिया गया। यह राज्य उसे अल्लाह की विशेष कृपा से दिया गया था और उसकी महान उपलब्धियाँ विशेष रूप से धार्मिक उद्देश्यों के लिए थीं। इन शुद्ध लक्ष्यों के लिए उनके द्वारा अपनाए गए साधन भी शुद्ध थे और साफ करें। लेकिन उन्होंने जो असाधारण ताकत और ताकत हासिल की थी, उसे बुरे इरादे वाले लोगों ने जादू और जादू-टोने से हासिल बताया। इस तरह लोगों को सच्चाई से भटकाने और उन्हें

अंधविश्वास और मूर्खतापूर्ण गतिविधियों में शामिल करने के लिए उन्होंने 'सोलोमन के तावीज़' (नक्शे

सुलेमानी) और ऐसी चीजों का आविष्कार

किया, जो उन मुसलमानों के बीच नवाचारों ने

अपना रास्ता बना लिया जो यहूदियों के प्रभाव

में थे। . और कुछ अंधविश्वासी लोग जिन्नों को वश में करने का सपना भी देखते हैं। कुरान ऐसे लोगों को बहुत कड़ी चेतावनी देता है, क्योंकि अल्लाह अच्छे कार्यों के लिए मार्गदर्शन और आदेश प्रदान करने के लिए अपनी पुस्तक प्रकट करता है। इसे पीछे रखना और जादू-टोने के पीछे लगना उन लोगों का काम है जिनका न तो ईश्वर से कोई लेना-देना है और न ही आख़िरत से। गौरतलब है कि कुरान जादू को अविश्वास घोषित करता है और यहूदियों के इस आरोप को जोरदार ढंग से खारिज करता है कि पैगंबर सुलेमान एक जादूगर था, और उसे अविश्वास के मामले में निर्दोष घोषित

करता है।

121. हारूत और मारूत उन दो फ़रिश्तों के नाम हैं जिन्हें अल्लाह ने इंसानों की शक्ल में बाबुल में लोगों की परीक्षा लेने के लिए भेजा था. यह एक ऐसे ही मामले की तरह है जिसमें अल्लाह ने खूबसूरत लड़कों के रूप में स्वर्गदूतों को पैगंबर लूत (लूट) के समुदाय में उनका

परीक्षण करने के लिए भेजा था। (कृपया सूरह हिज़, नोट संख्या 62 देखें।)

हालाँकि, यह सच नहीं है कि इन स्वर्गदूतों पर जादू या ऐसी कोई चीज़ प्रकट हुई थी। इसे वैध दिखाने के लिए, यहूदियों ने इसका श्रेय पैगम्बर सुलेमान और देवदूतों हारूत और मारूत को दिया, लेकिन कुरान दोनों असत्यों से इनकार करता है।

एक समय में बेबीलोन में जादू का चलन बहुत ज्यादा था, और इसके अभ्यास को हतोत्साहित करने के लिए अल्लाह ने बेबीलोन के लोगों के पास दो स्वर्गदूतों को भेजा था और उन्हें लोगों को जादू और जादू के बारे में वास्तविकता

समझाने का काम दिया गया था। उन्हें इसकी हानियों के बारे में समझाओ, ताकि वे इससे बच सकें। लेकिन जब उन्होंने जादू के बारे में वास्तविकता समझानी शुरू की, तो दुष्ट दिमाग वाले वे लोग स्वर्गदूतों के निर्देशों का लाभ उठाने के बजाय, पति-पत्नी के बीच कलह के बीज बोने में लग गए। यह स्पष्ट है कि इस प्रकार की गतिविधि में केवल उन्हीं लोगों की रुचि होगी जिनके मन दुष्ट थे और जो नीच और बुरे थे। ऐसे लोग अल्लाह की किताब के वाहक बनने का साहस कैसे कर सकते हैं? हारूत और मरुत देवदूत थे।

सूरा अल बकरा 2 , आयत 102

अबू बक्र अल-जज़ैरी (जन्म 1921 ई.)

शैतान क्या पढ़ते हैं: जादू के शब्द जिनका शैतान अनुसरण करते हैं और कहते हैं।

सुलैमान के राजा पर: सुलैमान के राजा के शासनकाल और उसके शासन के समय पर।

शैतान: शैतान का बहुवचन द्वेष और विद्रोह है, जिसमें अच्छाई की कोई क्षमता नहीं बची है।

जादू: यह वह सब कुछ है जिसकी उत्पत्ति सूक्ष्म है और जिसका कारण छिपा है, जिसका लोगों की आंखों, आत्माओं या शरीर पर प्रभाव पड़ता है।

हारुत और मारुत: दो राजा जिन्होंने कलह पैदा की।

अतः अविश्वास न करो: उसे हानि पहुँचाने के लिए हमसे जादू मत सीखो और इस प्रकार अविश्वासी बन जाओ।

एक आदमी और उसकी पत्नी के बीच: एक आदमी और उसकी पत्नी के बीच.

उसने इसे खरीदा: उसने इसे सीखकर और इसके साथ काम करके जादू खरीदा।

रचनात्मकता: नियति और भाग्य.

उन्होंने क्या खरीदा: उन्होंने खुद को किसलिए बेचा।

लम्थुबा: इनाम और इनाम।

दो श्लोकों का अर्थ:

यहूदियों की बुराई और भ्रष्टाचार को समझाने में महान संदर्भ अभी भी है। पहली कविता [102] में, सर्वशक्तिमान ईश्वर हमें बताते हैं कि जब यहूदियों ने मुहम्मद की भविष्यवाणी की पुष्टि के कारण टोरा को अस्वीकार कर दिया, तो ईश्वर उन्हें आशीर्वाद दे। और उसे शांति प्रदान करें, और उसके धर्म की वैधता की पुष्टि करें, उन्होंने झूठ और बकवास का पालन किया जो मानव जाति के शैतानों और जिन्न ने मंत्र और रहस्योद्घाटन के रूप में इकट्ठा किया, और वे उन्हें सुनाते थे दाऊद के पुत्र सुलैमान के युग से, उन पर शांति हो, और यह वही है जिसके द्वारा सुलैमान ने मानव जाति और जिन्न का न्याय किया था, यह आवश्यक है क्योंकि सुलैमान न तो एक दूत था और न ही एक पैगम्बर, बल्कि एक अविश्वासी जादूगर था। इसलिए सर्वशक्तिमान ईश्वर ने यह कहकर उससे इनकार कर दिया: {और सुलैमान ने अविश्वास नहीं किया} और शैतानों को इसकी पुष्टि करते हुए कहा: {लेकिन शैतानों ने अविश्वास किया, लोगों को जादू सिखाया}। वे उन्हें यह भी सिखाते हैं कि बेबीलोन, इराक में दो राजाओं, हारुत और मारुत ने जादू के प्रकारों और इसकी कलाओं के बारे में क्या प्रेरित किया था, यहाँ, सर्वशक्तिमान ईश्वर ने हमें प्रलोभन के दो राजाओं के बारे में बताया था, कि वे जो भी उनके पास आते थे, उससे यही कहते थे जादू सीखने की चाहत: हम केवल एक प्रलोभन हैं, इसलिए यदि आप जादू सीखते हैं तो अविश्वास न करें। उनका यह कथन स्पष्ट रूप से इंगित करता है कि जादूगर के शब्दों और उसके कार्यों से वह लोगों को प्रभावित करता है, यह निश्चित रूप से ईश्वर के कानून में अविश्वास है और कानून.

 सर्वशक्तिमान ईश्वर ने हमें इस आयत में यह भी बताया कि लोग दो स्वर्गदूतों से जो सीखते हैं, वे केवल एक आदमी और उसकी पत्नी के बीच अंतर करना सीखते हैं, और उनके द्वारा जो भी नुकसान होता है, वह ईश्वर सर्वशक्तिमान की इच्छा से, कारणों के संबंध में उनकी सुन्नत के अनुसार होता है। कारण। और यदि ईश्वर कोई ऐसी बाधा पैदा करना चाहता था जो नुकसान होने से रोकती, तो उसने ऐसा तब किया होता जब वह अपनी इच्छा में था। इस प्रकार, जो लोग सभी प्रकार का जादू सीखते हैं वे केवल वही सीखते हैं जो उन्हें नुकसान पहुँचाता है और उन्हें लाभ नहीं पहुँचाता है। कविता के अंत में, सर्वशक्तिमान ईश्वर कहते हैं कि यहूदी जादूगर, जादू सीखने वाले और इसका उपयोग करने वालों के अविश्वास से अवगत हैं, जैसा कि सर्वशक्तिमान ईश्वर ने हमें बताया है कि उनका मृत्यु के बाद के जीवन में कोई हिस्सा नहीं होगा। आनंद जो उनमें रहता है, इसलिए वे निश्चित रूप से काफिर हैं।

अंत में, सर्वशक्तिमान ईश्वर ने इस बात की निंदा की जिसके लिए यहूदियों ने खुद को बेच दिया, और ज्ञान से इनकार करके उनकी अज्ञानता को दर्ज किया, जैसा कि सर्वशक्तिमान ईश्वर ने कहा था: {और वह बुराई जिसके लिए उन्होंने अपनी आत्माएं बेच दीं, यदि वे केवल जानते थे}।

दूसरी आयत [103] में, सर्वशक्तिमान ईश्वर यहूदियों के लिए पश्चाताप का द्वार खोलते हैं, उन्हें विश्वास और धर्मपरायणता प्रदान करते हुए कहते हैं: {और यदि उन्होंने ईश्वर पर विश्वास किया होता और उनका भय माना होता, तो ईश्वर से मिलने वाला प्रतिफल बेहतर होता, यदि वे ऐसा करते ज्ञात।}

अत तिबरी

और उन्होंने सुलैमान के शासनकाल में जो कुछ शैतानों ने सुनाया था, उसका पालन किया। और सुलैमान ने अविश्वास नहीं किया, लेकिन शैतानों ने लोगों को जादू सिखाया और जो कुछ बाबुल में दो स्वर्गदूतों पर प्रकट हुआ था - और उन्होंने तब तक किसी को नहीं सिखाया। उन्होंने कहा था, "हम केवल एक परीक्षा हैं, इसलिए अविश्वास न करें।" फिर उन्होंने उनसे सीखा कि किसी व्यक्ति को उसकी पत्नी से कैसे अलग किया जाए और इससे उन्हें कोई नुकसान नहीं होता, सिवाय ईश्वर की अनुमति के। और वे सीखते हैं कि क्या किया जाए उन्हें हानि पहुँचाता है और उन्हें लाभ नहीं पहुँचाता और वे जानते हैं कि जो कोई इसे खरीदेगा उसका परलोक में कोई हिस्सा नहीं होगा और दुर्भाग्य यह है कि उन्होंने इसके साथ अपनी आत्माएँ बेच दीं, यदि वे जानते भी।

और शैतान जो कुछ सुनाते हैं उसका पालन करो

सर्वशक्तिमान के कथन की व्याख्या के संबंध में कथन: "और शैतानों ने जो पढ़ा उसका अनुसरण करो" का अर्थ उनके कहने से है: "और शैतानों ने जो पढ़ा उसका अनुसरण करो।" उन्होंने अपनी पुस्तक को, जिसे उन्होंने मूसा को उनके पीठ पीछे अवतरित किया था, उपेक्षा और अविश्वास के कारण, जो वे जानते थे, त्याग दिया, मानो वे नहीं जानते हों। तो उनके बारे में यह बताया गया कि उन्होंने उसकी किताब को अस्वीकार कर दिया, जिसके बारे में वे जानते थे कि वह उसके पैगम्बर पर अवतरित हुई थी, भगवान उसे आशीर्वाद दे और उसे शांति प्रदान करे, और उन्होंने उसकी वाचा को तोड़ दिया जो उसने उनसे किया था कि जो कुछ उसमें था उसके

अनुसार कार्य करें। यह, और उन्होंने उस जादू को पसंद किया जो शैतानों ने दाऊद के पुत्र सुलैमान के शासनकाल के दौरान इस्तेमाल किया था, इसलिए उन्होंने उसका अनुसरण किया। यह स्पष्ट हानि एवं पथभ्रष्टता है। व्याख्या करने वालों में इस बात पर मतभेद था कि उसके कहने का अभिप्राय किससे था: {और उन्होंने वही किया जो दुष्टात्माओं ने सुलैमान के राज्य को सुनाया था।" उनमें से कुछ ने कहा: इससे ईश्वर का तात्पर्य उन यहूदियों से था जो ईश्वर के दूत के प्रवासियों में से थे, ईश्वर उन्हें आशीर्वाद दें और उन्हें शांति प्रदान करें। क्योंकि उन्होंने तोरा को लेकर ईश्वर के दूत, ईश्वर उन्हें आशीर्वाद दें और उन्हें शांति प्रदान करें, के साथ विवाद किया और उन्होंने पाया कि तोरा कुरान से सहमत है, और उन्हें मुहम्मद का अनुसरण करने का आदेश दिया, ईश्वर उन्हें आशीर्वाद दें और उन्हें शांति प्रदान करें, और उस पर वैसा ही विश्वास करो जैसा कुरान आदेश देता है, इसलिए उन्होंने उन पुस्तकों पर विवाद किया जो लोगों ने सुलैमान के शासनकाल के दौरान पुजारियों से लिखवाई थीं। ऐसा कहने वालों का उल्लेख: 1366 -मूसा बिन हारून ने मुझे बताया, उन्होंने कहा: अम्र ने हमें बताया, उन्होंने कहा: अस्बत ने हमें अल-सुद्दी के अधिकार पर बताया: {और उन्होंने सुलैमान के शासनकाल के दौरान शैतानों ने सुलैमान के राज्य में जो सुनाया था उसका पालन किया। उन्होंने कहा: शैतान स्वर्ग में चढ़ जाते थे, और सुनने के लिए वहां आसन लगाकर बैठ जाते थे, और वे स्वर्गदूतों के शब्दों को सुनते थे कि पृथ्वी पर क्या हो रहा है, चाहे मृत्यु हो, बारिश हो, या मामला हो, इसलिए वे स्वर्गदूतों के पास आते थे याजकों और उन्हें सूचित करो, और याजक लोगों से बात करेंगे, और वे जैसा उन्होंने कहा था वैसा ही पाएंगे। जब तक याजकों ने उनसे झूठ नहीं कहा, तब तक उन्होंने उसमें कुछ और जोड़ दिया, और प्रत्येक शब्द में सत्तर शब्द जोड़ दिए। तो लोगों ने उस हदीस को किताबों में लिख लिया और यह बात बनी इस्राइल में फैल गयी कि जिन्न परोक्ष को जानता है। तब सुलैमान ने लोगों को भेजा, और उन पुस्तकों को इकट्ठा किया, उन्हें एक बक्से में रखा, फिर उन्हें अपनी कुर्सी के नीचे दबा दिया, और कोई भी शैतान बिना जलाए कुर्सी के पास नहीं जा सका, और उसने कहा: "मैंने किसी को भी यह उल्लेख करते नहीं सुना कि शैतान अदृश्य चीज़ों को जानते हैं सिवाय इसके कि मैं उसकी गर्दन पर वार करता हूँ।" जब सुलैमान की मृत्यु हो गई, और जो विद्वान सुलैमान के बारे में जानते थे, वे चले गए, और उसके बाद एक उत्तराधिकारी छोड़ दिया गया, तो शैतान ने एक इंसान का रूप धारण किया, फिर वह बनी इसराइल के एक समूह के पास आया और कहा: क्या मैं तुम्हें निर्देशित करूँ? एक ऐसे खजाने के लिए जिसे आप कभी नहीं खाएंगे? उन्होंने कहा: हाँ. उसने कहा: तो कुर्सी के नीचे खोदो, और

वह उनके साथ गया और उन्हें जगह दिखाई। तब वह खड़ा हुआ, और उन्होंने उस से कहा, आ! उसने कहा: नहीं, लेकिन मैं यहाँ तुम्हारे हाथ में हूँ, यदि तुम उसे न पाओ तो मुझे मार डालो। सो उन्होंने खोदकर वे पुस्तकें पाईं, और जब वे उन्हें निकाल लाए, तो शैतान ने कहा, सुलैमान ने इस जादू से केवल मनुष्यों, शैतानों, और पक्षियों को वश में किया। फिर वह उड़ गया और चला गया। लोगों में यह फैल गया कि सुलैमान जादूगर है, और इस्राएलियों ने वे पुस्तकें ले लीं। जब मुहम्मद, भगवान उन्हें आशीर्वाद दें और उन्हें शांति प्रदान करें, उनके पास आए, तो उन्होंने इस बारे में उनसे विवाद किया, तब उन्होंने कहा: {और सुलैमान ने अविश्वास नहीं किया, लेकिन शैतानों ने लोगों को जादू सिखाया। 1367 - इसे अम्मार बिन अल-हसन के अधिकार पर सुनाया गया था, उन्होंने कहा: इब्न अबी जाफ़र ने हमें, अपने पिता के अधिकार पर, अल-रबी के अधिकार पर, अपने कथन में सुनाया: "और उन्होंने इसका पालन किया।" शैतानों ने सुलैमान के राजा को सुनाया।" उन्होंने कहा: यहूदियों ने कुछ समय के लिए तोराह के मामलों के बारे में मुहम्मद से पूछा, भगवान की प्रार्थना और शांति उन पर हो, लेकिन उन्होंने उनसे इनमें से किसी के बारे में नहीं पूछा। सिवाय इसके कि परमेश्वर ने उस पर वह प्रकट किया जिसके बारे में उन्होंने उससे पूछा था, और उसने उन्हें अलग कर दिया। जब उन्होंने उसे देखा तो कहा: यह तो जो कुछ हम पर उतरा है उसके विषय में हम से अधिक जानने वाला है। और उन्होंने उससे जादू के बारे में पूछा और उसके साथ इसके बारे में विवाद किया, इसलिए सर्वशक्तिमान ईश्वर ने खुलासा किया: {और उन्होंने वही किया जो शैतानों ने राजा सुलैमान को सुनाया था, और सुलैमान ने अविश्वास नहीं किया, लेकिन शैतानों ने अविश्वास किया, और लोगों को जादू सिखाया}। और दुष्टात्माओं ने एक पुस्तक ली, और उस में जादू, भविष्यसूचक बातें, और जो कुछ परमेश्वर चाहता था लिख दिया, इसलिथे उन्होंने उसे सुलैमान की गद्दी के नीचे गाड़ दिया, और सुलैमान परोक्ष को न जानता था, इसलिथे जब सुलैमान इस जगत से चला गया, तब उन्होंने उस जादू को निकाला और धोखा दिया लोगों ने उसके साथ कहा, यह वह ज्ञान है जिसे सुलैमान ने छिपा रखा था, और लोग उस से डाह करते थे। पैगंबर, भगवान उन्हें आशीर्वाद दें और उन्हें शांति प्रदान करें, उन्हें यह हदीस बताई। इसलिये वे उदास होकर उसके पास से लौट आये, और परमेश्वर ने उनका तर्क अस्वीकार कर दिया। 1368 - यूनुस ने मुझे बताया, उन्होंने कहा: इब्न वहब ने हमें बताया, उन्होंने कहा: इब्न ज़ैद ने अपने कथन में कहा: {और उन्होंने वही किया जो शैतानों ने सुलैमान के राजा को सुनाया था} उन्होंने कहा: जब भगवान के दूत, भगवान आशीर्वाद दे सकते हैं उसे और उसे शांति प्रदान करें, जो कुछ उनके पास था

उसकी पुष्टि करने के लिए उनके पास आए, {जिन लोगों को किताब दी गई थी उनमें से एक समूह ने आयत को अस्वीकार कर दिया। उन्होंने कहा: वे जादू का अनुसरण करते थे, और वे किताब वाले लोग हैं। तो उसने तब तक पढ़ा जब तक वह नहीं पहुंच गया: {लेकिन शैतानों ने इनकार कर दिया, लोगों को जादू सिखाते थे।" दूसरों ने कहा: बल्कि, परमेश्वर का मतलब उन यहूदियों से था जो सुलैमान के शासनकाल के दौरान थे। उल्लेख किया कि ऐसा किसने कहा। 1369 -- अल-कासिम ने हमें बताया, उन्होंने कहा: अल-हुसैन ने हमें बताया, उन्होंने कहा: हज्जाज ने मुझे बताया, उन्होंने कहा: इब्न जुरैज ने कहा: सुलैमान के शासनकाल के दौरान शैतानों ने यहूदियों पर जादू किया, इसलिए यहूदियों ने उसके शासनकाल के दौरान इसका पालन किया साम्राज्य। मेरा मतलब है, उन्होंने राजा सुलैमान के जादू का अनुसरण किया। 1370 - इब्न हामिद ने हमें बताया, उन्होंने कहा: सलामा ने हमें बताया, उन्होंने कहा: इब्न इशाक ने मुझे बताया, उन्होंने कहा: जब शैतानों को सुलेमान बिन दाऊद की मृत्यु के बारे में पता चला, तो उन्होंने बपतिस्मा लिया, शांति उन पर हो, इसलिए उन्होंने प्रकार लिखे जादू का: जो कोई ऐसा-वैसा हासिल करना चाहता है, उसे वैसा-वैसा करने दो। उन्होंने तरह-तरह के जादू भी रचे तो उसे एक किताब में डाल दिया। फिर उन्होंने इसे सुलैमान की मुहर की नक्काशी में सील कर दिया, और इसके शीर्षक में लिखा: "यह वही है जो आसिफ बिन बरखिया ने राजा सोलोमन बिन दाऊद को ज्ञान के खजाने के अवशेषों से लिखा था।" फिर उन्होंने उसे अपने सिंहासन के नीचे दफ़न कर दिया, और उसके बाद बनी इस्राईल के अवशेषों ने उसे कब्र से बाहर निकाला, जब उन्होंने उसे पाया, तो उन्होंने कहाः सुलेमान बिन दाऊद तो इसी अवस्था में था। सो उन्होंने लोगों में जादू फैलाया, और उसे सीखा, और सिखाया, क्योंकि यहूदियों में उस से बढ़कर कोई नहीं। जब ईश्वर के दूत, ईश्वर उन्हें आशीर्वाद दें और उन्हें शांति प्रदान करें, उन्होंने ईश्वर की ओर से उन पर जो कुछ प्रकट किया गया था, उसका उल्लेख किया, सुलेमान बिन दाऊद, और उन लोगों के बीच उनके वादे, जिन्हें उन्होंने दूतों में गिना, मदीना में रहने वाले यहूदियों ने कहा: क्या आप हैं क्या आपको आश्चर्य नहीं हुआ कि मुहम्मद, भगवान उन्हें आशीर्वाद दें और उन्हें शांति प्रदान करें, दावा करते हैं कि सुलेमान बिन दाऊद एक पैगंबर थे? भगवान की कसम, वह एक जादूगर के अलावा और कुछ नहीं था! तो भगवान ने मुहम्मद को उनके कहने से इसके बारे में बताया, भगवान की प्रार्थना और शांति उस पर हो: {और उन्होंने वही किया जो शैतानों ने सुलेमान के राजा को सुनाया था, और सुलेमान ने अविश्वास नहीं किया, लेकिन शैतानों ने अविश्वास किया।} उन्होंने कहा: जब सुलैमान का राजा चला गया, जिन्नों और मनुष्यों का एक

समूह धर्मत्याग कर गया और इच्छाओं का पालन करने लगा। जब भगवान सुलैमान के पास उसके राज्य में लौटे, तो लोगों ने उसी धर्म का पालन किया जैसा वे पहले थे। सुलैमान उनकी पुस्तकों पर प्रकट हुआ और उन्हें अपने सिंहासन के नीचे दबा दिया। उसके कुछ ही समय बाद सुलैमान की मृत्यु हो गई, इसलिए सुलैमान की मृत्यु के बाद जिन्न और मनुष्य किताबों पर दिखाई दिए, और उन्होंने कहा: यह ईश्वर की ओर से एक किताब है जो सुलैमान के लिए भेजी गई थी और उसने इसे हमसे छिपाया। तो उन्होंने इसे ले लिया और इसे एक धर्म बना लिया, इसलिए भगवान ने खुलासा किया: {और जब भगवान की ओर से एक दूत उनके पास आया और पुष्टि की कि उनके पास क्या है, तो उन लोगों में से एक समूह जिन्हें किताब दी गई थी, ने भगवान की किताब को अपनी पीठ के पीछे फेंक दिया जैसे कि वे नहीं जानते थे, और शैतानों द्वारा कही गई बातों का अनुसरण करते थे, जो संगीत वाद्ययंत्र, खेल और वह सब कुछ है जो परमेश्वर के स्मरण में बाधा डालता है। उनके कथन की व्याख्या के संबंध में सही कथन: {और उन्होंने वही किया जो शैतानों ने सुलैमान के राजा को सुनाया था} यह है कि यह ईश्वर की ओर से यहूदी रब्बियों के लिए एक फटकार है, जिन्होंने ईश्वर के दूत को पकड़ लिया, ईश्वर उन्हें आशीर्वाद दे और उसे शांति प्रदान करें, और यह जानते हुए भी कि ईश्वर एक भेजा हुआ दूत है, उसकी भविष्यवाणी का खंडन किया, और उसके रहस्योद्घाटन की अस्वीकृति और उनके काम को छोड़ने के लिए उनकी ओर से फटकार लगाई, जबकि यह उनके हाथ में है, वे इसे सिखाते हैं और जानते हैं कि यह है ईश्वर की पुस्तक है, और उनके अनुयायियों और उनके पहले और पूर्ववर्तियों के अनुयायियों ने वही किया जो सुलैमान के शासनकाल के दौरान शैतानों ने किया था। हमने बताया है कि अतीत में उनके पूर्ववर्तियों के कार्यों को जोड़ना क्यों अनुमत है, ताकि इस स्थान पर इसे दोहराने की कोई आवश्यकता न हो। लेकिन हमने इस व्याख्या को इसलिए चुना क्योंकि सुलैमान के युग में और उसके बाद शैतानों ने उसी का अनुसरण किया जब तक कि भगवान ने अपने पैगंबर को सच्चाई के साथ नहीं भेजा, और जादू का मामला यहूदियों के बीच बंद नहीं हुआ, और इसका कोई संकेत नहीं है सर्वशक्तिमान ईश्वर ने इस श्लोक का अर्थ यह बताया: {और उन्होंने दूसरों को छोड़कर उनमें से कुछ का अनुसरण किया, क्योंकि यह अनुमेय था और वाणी में वाक्पटु था, अरबों ने उन पूर्वजों के अनुयायियों के बारे में जो वर्णन किया है, उनके बारे में हमने बताया है। कह रहे हैं: {और शैतान जो कुछ उनके बाद अपने उत्तराधिकारियों को पढ़ाते हैं उसका अनुसरण करें। इस संबंध में, ईश्वर के दूत, ईश्वर उन्हें आशीर्वाद दें और उन्हें शांति प्रदान करें, से कोई प्रेषित निशान नहीं था,

न ही इसका संकेत देने वाला कोई सबूत था, इसलिए इस मामले में यह कहना आवश्यक था कि यह कहा जाना चाहिए: प्रत्येक यहूदी जो इसका पालन करता था जैसा कि हमने कहा, सुलैमान के शासनकाल के दौरान सुनाई गई शैतानियाँ कविता के अर्थ में शामिल हैं। सर्वशक्तिमान के कथन की व्याख्या के बारे में कथन: "शैतान पाठ नहीं करते" का अर्थ यह है कि उनके कहने का क्या मतलब है: "शैतान पाठ नहीं करते" जो वे पढ़ते हैं। तो शब्दों की व्याख्या यह है: और शैतानों ने जो कुछ पढ़ा, उसका उन्होंने पालन किया। वे उसके कथन की व्याख्या में भिन्न-भिन्न थे और उनमें से कुछ ने कहा: इसका अर्थ हैयह कहकर: बोलना, सुनाना, बोलना और सूचित करना, एक आदमी के कुरान के पाठ के समान, जो उसका पढ़ना है। ऐसा कहने वालों ने कहा कि उनकी व्याख्या यह थी कि शैतान ही थे जो लोगों को जादू सिखाते थे और उन्हें सुनाते थे। ऐसा कहने वालों का उल्लेख: 1371 - अल-मुथन्ना बिन इब्राहिम ने मुझे बताया, उन्होंने कहा: अबू हुदैफा ने हमें बताया, उन्होंने कहा: शिबल ने हमें बताया, अम्र के अधिकार पर, मुजाहिद के अधिकार पर भगवान के कहने पर: { और उन्होंने वही सुना जो दुष्टात्माओं ने सुलैमान के राजा को सुनाया था। उन्होंने कहा, दुष्टात्माएं रहस्योद्घाटन सुनती थीं, परन्तु उन्होंने न सुनी। उन्होंने एक ही शब्द में उसके समान दो सौ और जोड़ दिए, इसलिये सुलैमान ने जो कुछ उन्होंने लिखा था उसे बुलवाया और इसे एकत्र किया। जब सुलैमान मर गया, तो शैतानों ने उसे ढूंढ लिया और लोगों को उसके बारे में सिखाया। यह जादू है। 1372 - बिश्र बिन मुआद ने हमें बताया, उन्होंने कहा: यजीद ने हमें बताया, उन्होंने कहा: सईद ने हमें, क़तादा के अधिकार पर, अपने कथन के बारे में बताया: {और शैतानों ने सुलैमान के राजा को जो सुनाया उसका पालन करें} भाग्य-बताने और जादू के बारे में ; उसने हमें बताया, और ईश्वर ही सबसे अच्छा जानता है, कि शैतानों ने जादू और बड़ी-बड़ी बातों से भरी एक किताब बनाई, फिर उन्होंने उसे लोगों के बीच फैलाया और उन्हें इसके बारे में सिखाया। 1373 - अल-कासिम ने हमें बताया, उन्होंने कहा: अल-हुसैन ने हमें बताया, उन्होंने कहा: हज्जाज ने मुझे बताया, इब्न जुरैज के अधिकार पर, उन्होंने कहा: अता ने कहा: उनका कहना: {और शैतान जो पढ़ते हैं उसका पालन करें} उन्होंने कहा : हम देखते हैं कि उन्होंने क्या बोला। 1374 - सल्लम बिन जुनादा अल-सवाई ने मुझे बताया, उन्होंने कहा: अबू मुआविया ने हमें बताया, अल-अमाश के अधिकार पर, अल-मिन्हाल के अधिकार पर, सईद बिन जुबैर के अधिकार पर, इब्न अब्बास का अधिकार, जिन्होंने कहा: शैतान उन दिनों में चले गए जब सुलैमान पीड़ित था, और उनमें किताबें लिखी गईं जिनमें जादू और निन्दा थी, फिर उन्होंने उन्हें सुलैमान के सिंहासन के नीचे दफन कर दिया, फिर

उन्होंने इसे निकाला और इसे पढ़ा लोगों को। दूसरों ने कहा: उनके कहने का अर्थ: "आप जो पढ़ते हैं" वही है जिसका आप पालन करते हैं, सुनाते हैं और उस पर अमल करते हैं। ऐसा कहने वालों का उल्लेख: 1375 - अल-हसन बिन अम्र अल-अंकाज़ी ने हमें बताया, उन्होंने कहा: मेरे पिता ने मुझे बताया, असबत के अधिकार पर, अल-सुद्दी के अधिकार पर, अबू मलिक के अधिकार पर, पर इब्न अब्बास का अधिकार: : {पाठ करें} उन्होंने कहा: अनुसरण करें। 1376 - नस्र बिन अब्दुल रहमान अल-आज़दी ने मुझे बताया, उन्होंने कहा: याह्या बिन इब्राहिम ने हमें बताया, सुफियान अल-थावरी के अधिकार पर, मंसूर के अधिकार पर, अबू रज़िन के अधिकार पर, वही। अबू जाफर ने कहा: इस बारे में सही कथन यह है: ईश्वर सर्वशक्तिमान ने उन लोगों के बारे में बताया जिनके बारे में उन्होंने कहा था कि उन्होंने सुलैमान के शासनकाल के दौरान शैतानों द्वारा पढ़ी गई बातों का पालन किया था। और जिसने कहा: "वह ऐसा-ऐसा पढ़ता है" के अरबों के भाषण में दो अर्थ हैं: उनमें से एक का पालन करना है, जैसा कि कहा जाता है: यदि आप चले तो आपने ऐसा-ऐसा पढ़ा उसके पीछे और उसके नक्शेकदम पर चले, जैसा कि सर्वशक्तिमान ईश्वर ने कहा था: "वहां हर आत्मा को उसके लिए परखा जाएगा जो उसने निर्धारित किया है" 10 30 मतलब, इस प्रकार, अनुसरण करना। दूसरा: पढ़ना और अध्ययन करना, जैसा कि आप कहते हैं: फलाना क़ुरान पढ़ता है। मतलब कि वह इसे पढ़ता है और इसका अध्ययन करता है, जैसा कि हसन बिन थबिट ने कहा: एक पैगंबर जो वह देखता है जो उसके आस-पास के लोग नहीं देखते हैं और हर दृश्य में भगवान की किताब का पाठ करता है, और सर्वशक्तिमान ईश्वर ने हमें पाठ का अर्थ नहीं बताया। सोलोमन के शासनकाल के दौरान जादू करने वाले शैतानों का पाठ उन समाचारों के साथ था जो बहाने को काट देता है। यह संभव हो सकता है कि शैतानों ने इसका पालन अध्ययन, वर्णन और कारवाई के साथ किया, इसलिए उन्होंने इसका पालन कारवाई के साथ किया और इसका अध्ययन वर्णन के साथ किया, इसलिए यहूदियों ने इसमें अपनी पद्धति का पालन किया और इस पर काम किया और इसे सुलैमान के शासनकाल पर सुनायासर्वशक्तिमान के कथन की व्याख्या के संबंध में राय: "सुलैमान के राज्य के विरुद्ध" उनके कहने का क्या मतलब है, वह महिमामंडित और महान है: {सुलैमान के राज्य पर} सुलैमान के राज्य में; ऐसा इसलिए है क्योंकि अरबों ने "पर" के "स्थान" में "अंदर" और "अंदर" के स्थान पर "पर" रखा, जिसमें सर्वशक्तिमान ईश्वर के शब्द भी शामिल थे: {और मैं तुम्हें ताड़ के पेड़ों के तनों पर क्रूस पर चढ़ाऊंगा} 20 71 अर्थ: ताड़ के पेड़ों के तनों पर, और जैसा कि उन्होंने कहा: "मैंने एक अर्थ में इस तरह की वाचा और इस तरह की वाचा

में ऐसा किया।" जैसा कि हमने कहा, इब्न जुरैज और इब्न इशाक इसकी व्याख्या के संबंध में कहा करते थे। 1377 - अल-कासिम ने हमें बताया, उसने कहा: अल-हुसैन ने हमें बताया, उसने कहा, हज्जाज ने मुझे बताया, उसने कहा: इब्न जुरायज: {सुलैमान के साम्राज्य पर} वह कहता है: सुलैमान के साम्राज्य में। 1378 - इब्न हामिद ने हमें बताया, उन्होंने कहा: सलामा ने हमें बताया, उन्होंने कहा: इब्न अबी इशाक ने अपने कथन में कहा: {सुलैमान के राज्य पर} यानी, सुलैमान के राज्य में और सुलैमान ने अविश्वास नहीं किया, लेकिन शैतानों ने अविश्वासी, लोगों को जादू सिखा रहे हैं।

सर्वशक्तिमान के कथन की व्याख्या के संबंध में कहावत: {और सुलैमान ने अविश्वास नहीं किया, परन्तु शैतानों ने अविश्वास किया, जो लोगों को जादू सिखाते थे}। यदि कोई हमसे कहे: उसका यह कथन क्या है: {और शैतानों ने जो कुछ सुलैमान के राज्य में सुनाया था, उसका उन्होंने अनुसरण किया} और हमारे पास पहले किसी के बारे में कोई जानकारी नहीं है कि उसने सुलैमान के लिए अविश्वास जोड़ा है, बल्कि उसने केवल उन्हीं का अनुसरण करने का उल्लेख किया है उन यहूदियों में से जो शैतानों द्वारा कही गई बातों का अनुसरण करते थे? शैतानों द्वारा जादू-टोना करने वालों के पीछे चलने की रिपोर्ट और यहूदियों से उसके कथन के आधार पर सुलेमान की ओर से अविश्वास को नकारने का क्या कारण है? यह कहा गया था: इसका कारण यह है कि जिन लोगों को सर्वशक्तिमान ईश्वर ने सुलैमान के शासनकाल के दौरान जादू और यहूदियों के अविश्वास के शैतानों के बाद जोड़ा था, उन्होंने जो कुछ भी सर्वशक्तिमान ईश्वर ने शैतानों के लिए उल्लेख किया था, उसका श्रेय सुलैमान इब्न दाऊद को दिया, और उन्होंने दावा किया कि यह उनके ज्ञान और कथन से था, और यह कि केवल जिसे भी गुलाम बनाया गया है, जिसमें मनुष्य, जिन्न, शैतान और भगवान की बाकी रचना शामिल है, जादू से गुलाम बनाया गया है। इस प्रकार, उन्होंने स्वयं को सुधारा - जादू की उस चीज़ पर सवार होकर जिसे ईश्वर ने उन्हें मना किया था - उन लोगों की नज़र में जो ईश्वर की आज्ञाओं और निषेधों से अनभिज्ञ थे, और उन लोगों की नज़र में जिन्हें इस बात का कोई ज्ञान नहीं था कि ईश्वर ने टोरा से उसके बारे में क्या खुलासा किया है। , और उन्होंने सुलैमान से इसे जोड़कर खुद को अस्वीकार कर दिया - सुलैमान से, जो भगवान के पैगंबर थे, भगवान उन्हें आशीर्वाद दे सकते हैं और उन्हें शांति प्रदान कर सकते हैं, उन्होंने उनमें से कुछ - मनुष्यों को बख्शा, और उन्होंने इस बात से इनकार किया कि भगवान के पास एक दूत था, और उन्होंने कहा :बल्कि वह एक जादूगर

था। इसलिए ईश्वर ने उन लोगों के अनुसार सुलेमान बिन दाऊद को जादू-टोना और अविश्वास से बरी कर दिया, जिन्होंने उन कारणों के लिए उसे जादू-टोना और अविश्वास के लिए जिम्मेदार ठहराया था, जिनके बारे में मैंने दावा किया था, जिनमें से कुछ का हमने उल्लेख किया है, और बाकी का उल्लेख हम करेंगे। और दूसरे जो जादू का काम करते थे, उन्होंने अपने काम में अज्ञानी होने का बहाना करके झूठ बोला, कि सुलैमान यह काम करता था। इसलिए परमेश्वर ने सुलेमान को, जिस पर शांति हो, इनकार कर दिया, कि वह एक जादूगर या काफिर था, और उन्हें सूचित किया कि उन्होंने अपने काम में जादू का केवल वही अनुसरण किया जो सुलेमान के शासनकाल के दौरान शैतानों ने किया था, बिना सुलैमान ने उन्हें भगवान की आज्ञा मानने और उसका पालन करने का आदेश दिया था। जो कुछ उस ने उन्हें अपनी पुस्तक में करने की आज्ञा दी, जो उस ने मूसा को प्रगट की, परमेश्वर की प्रार्थना उस पर हो। रिपोर्टों और कथनों से हमने जो कहा उसकी प्रामाणिकता के लिए सबूत का उल्लेख करते हुए: 1379 - इब्न हामिद ने हमें बताया, उन्होंने कहा: याकूब अल-कुम्मी ने हमें, जाफ़र बिन अबी अल-मुगीरा के अधिकार पर, के अधिकार पर बताया सईद बिन जुबैर, जिन्होंने कहा: सुलेमान यह पता लगाता था कि शैतानों के हाथ में क्या जादू है, फिर वह उसे ले जाता था और अपने कोठरी घर में अपने सिंहासन के नीचे दफना देता था। शैतान उस तक पहुँचने में असमर्थ थे, इसलिए वे मनुष्यों के पास आए और उनसे कहा: क्या तुम वह ज्ञान चाहते हो जिसके द्वारा सुलेमान शैतानों, हवाओं और अन्य चीजों को अपने वश में करता था? उन्होंने कहा: हाँ. उन्होंने कहा: यह उसकी कोठरी में और उसकी कुर्सी के नीचे है। इसलिए मनुष्यों ने इसे उकसाया, इसलिए उन्होंने इसे निकाला और इसके साथ काम किया। हिजाज़ के लोगों ने कहा: सुलैमान ऐसा करता था, और यह जादू है। तो भगवान सर्वशक्तिमान ने अपने पैगंबर मुहम्मद की जीभ पर सुलैमान के बरी होने का खुलासा किया, भगवान की प्रार्थना और शांति उस पर हो, और कहा: {और शैतानों ने सुलैमान के राज्य में जो सुनाया उसका पालन करें} कविता, इसलिए भगवान ने बरी करने का खुलासा किया सुलैमान ने अपने नबी की ज़बान पर कहा, उन दोनों पर शांति हो। 1380 -अबू अल-साइब अल-सवाई ने मुझे बताया, उन्होंने कहा: अबू मुआविया ने हमें बताया, अल-अमाश के अधिकार पर, अल-मिन्हाल के अधिकार पर, सईद बिन जुबैर के अधिकार पर, इब्न अब्बास के अधिकार पर, उन्होंने कहा: सुलेमान बिन दाऊद के साथ जो हुआ वह इसलिए हुआ क्योंकि उसका जारदा नामक एक महिला के परिवार के लोगों के साथ संबंध था, और वह उसके लिए उसकी सबसे सम्मानित पत्नियों में से एक थी। उसने कहा: तो सुलैमान की इच्छा टिड्डियों के

लोगों के लिए न्याय करने और उनके लिए न्याय करने की थी, इसलिए जब उनके लिए उसकी इच्छा वैसी नहीं थी तो उसे दंडित किया गया। उन्होंने कहा: जब भी सुलेमान बिन दाऊद शौचालय में जाना चाहता था या अपनी किसी पत्नी के साथ जाना चाहता था, तो वह जरादा को अपनी अंगूठी देता था। जब परमेश्वर ने सुलैमान की परीक्षा करनी चाही, जिस से उस ने उसकी परीक्षा ली थी, तो एक दिन उस ने टिड्डी को अपनी अंगूठी दी, और शैतान ने सुलैमान के रूप में आकर उस से कहा, मेरी अंगूठी मुझे दे दे! तो उसने उसे लिया और पहन लिया, और जब उसने उसे पहना तो शैतान, जिन्न और इंसान उसके पास आ गए। उसने कहा: तो सुलेमान उसके पास आया और कहा: मुझे मेरी अंगूठी लाओ! उसने कहा: तुमने झूठ बोला, तुम सुलैमान नहीं हो। उन्होंने कहा: इसलिए सुलेमान जानता था कि यह एक कष्ट था जिससे वह पीड़ित था। उसने कहा: तब शैतान निकल गए और उन दिनों में किताबें लिखीं जिनमें जादू और निंदा थी, फिर उन्होंने उन्हें सुलेमान के सिंहासन के नीचे दफन कर दिया, फिर उन्होंने उन्हें बाहर निकाला और लोगों को पढ़कर सुनाया और कहा: सुलेमान केवल लोगों को हरा रहा था इन किताबों के साथ. उन्होंने कहा: इसलिए लोगों को सुलेमान से बरी कर दिया गया और उन्हें अविश्वासी घोषित कर दिया गया, जब तक कि भगवान ने मुहम्मद को नहीं भेजा, भगवान उन्हें आशीर्वाद दें और उन्हें शांति प्रदान करें। तो सर्वशक्तिमान परमेश्वर ने प्रकट किया: {और उन्होंने वही किया जो शैतानों ने सुलेमान के राज्य को सुनाया था} जिसका अर्थ है कि जिसने शैतानों को जादू और अविश्वास के बारे में लिखा था {और सुलैमान ने अविश्वास नहीं किया, लेकिन शैतानों ने अविश्वास किया} इसलिए सर्वशक्तिमान और राजसी भगवान ने प्रकट किया और उसे माफ कर दिया. 1381 - मुहम्मद बिन अब्दुल-अला अल-सनानी ने मुझे बताया, उन्होंने कहा: अल-मुतामिर बिन सुलेमान ने हमें बताया, उन्होंने कहा: मैंने अबू मजलिस के अधिकार पर इमरान बिन हुदैर को सुना, जिन्होंने कहा: सुलेमान ने एक लिया हर जानवर से वाचा, और यदि कोई आदमी घायल हो जाता और उस वाचा के बारे में पूछता, तो उसे छोड़ दिया जाता, इसलिए लोगों ने जादू और जादू देखा और कहा: सुलैमान यही करता था। तो सर्वशक्तिमान ईश्वर ने कहा: {और सुलैमान ने अविश्वास नहीं किया, परन्तु शैतानों ने अविश्वास किया, जो लोगों को जादू सिखाते थे}। 1382 - अबू हामिद ने हमें बताया, उन्होंने कहा: जरीर ने हमें बताया, हुसैन बिन अब्दुल रहमान के अधिकार पर, इमरान बिन अल हरिथ के अधिकार पर, उन्होंने कहा: जब हम इब्न अब्बास के साथ थे जब एक आदमी उनके पास आया, इब्न अब्बास उससे कहा: तुम कहाँ से आये हो? उन्होंने कहा: इराक से. उन्होंने

कहा: किससे? उन्होंने कहाः कूफ़ा से। उसने कहाः क्या खबर है? उन्होंने कहा: मैंने उन्हें अली के बाहर जाने के बारे में बात करने दी। वह डर गया और बोला: यह मत कहो कि तुम्हारे पिता नहीं हैं! यदि हम जानते होते, तो उसकी स्त्रियों से विवाह न करते, और न उसका भाग बाँटते, मैं तो तुम से यह कहता हूं, कि दुष्टात्माएं स्वर्ग से छिपकर बातें सुनती थीं, और उन में से एक सत्य का वचन ले आता था। सुना, और यदि उस ने उस से सच कहा, तो वह सत्तर झूठ भी बोलेगा, उस ने कहा: तो लोगों के मन उसे पी जाएंगे। इसलिये परमेश्वर ने उसे सुलैमान को दिखाया, और उसके सिंहासन के नीचे गाड़ दिया। जब सुलैमान बिन दाउद की मृत्यु हो गई, तो एक शैतान रास्ते में खड़ा हो गया और कहा: क्या मैं तुम्हें उसके निषिद्ध खजाने की सूचना न दूं, जिसके समान कोई खजाना नहीं है? कुर्सी के नीचे। तो उन्होंने उसे बाहर निकाला और कहा: यह जादू है। राष्ट्रों ने इसका पुनरुत्पादन किया, और यहां तक कि उनके अवशेष भी वही हैं जो इराक के लोग बोलते हैं। अत: परमेश्वर ने सुलैमान का बहाना प्रगट किया: {और जो कुछ शैतानों ने सुलैमान के राज्य को सुनाया था, उन्होंने उसका पालन किया, और सुलैमान ने अविश्वास नहीं किया, परन्तु शैतानों ने अविश्वास किया, और लोगों को जादू सिखाया}। 1383 -बिश्र बिन मुआद ने हमें बताया, उन्होंने कहा: यज़ीद ने हमें बताया, उन्होंने कहा: सईद ने हमें बताया, क़तादा के अधिकार पर, उन्होंने कहा: यह हमारे लिए उल्लेख किया गया था, और भगवान सबसे अच्छा जानता है, कि शैतानों ने एक किताब बनाई जिसमें जादू और एक बड़ी बात, तब उन्होंने उसे लोगों में फैलाया, और उन्हें सिखाया। जब सुलैमान, भगवान के पैगंबर, भगवान उन्हें आशीर्वाद दें और उन्हें शांति प्रदान करें, ने इस बारे में सुना, तो उन्होंने उन पुस्तकों का पता लगाया, उन्हें लाया और उन्हें अपने सिंहासन के नीचे दफन कर दिया, इस डर से कि लोग उन्हें सीख लेंगे। जब परमेश्वर ने अपने भविष्यवक्ता सुलैमान को उठाया, तो शैतानों ने उन्हें उस स्थान से बाहर निकाला जहां वे थे और उन्हें लोगों को सिखाया, उन्होंने उन्हें बताया कि यह वह ज्ञान था जिसे सुलैमान ने गुप्त रखा था और अपने तक ही सीमित रखा था। इसलिए भगवान ने अपने पैगंबर सुलैमान को माफ कर दिया और उसे दोषमुक्त कर दिया, और उसने, उसकी महिमा हो, कहा: {और सुलैमान ने अविश्वास नहीं किया, लेकिन शैतानों ने अविश्वास किया}। * - अल-हसन बिन याह्या ने हमें बताया, उन्होंने कहा: अब्द अल-रज्जाक ने हमें बताया, उन्होंने कहा: मुअम्मर ने हमें बताया, क़तादा के अधिकार पर, उन्होंने कहा: शैतानों ने जादू और बहुदेववाद वाली किताबें लिखीं, फिर उन्होंने उन किताबों को दफना दिया सुलैमान के सिंहासन के नीचे। जब सुलैमान मर गया, तो लोगों ने वे पुस्तकें निकाल लीं और कहा: यह वह

ज्ञान है जिसे सुलैमान ने छिपाया था। तब सर्वशक्तिमान परमेश्वर ने कहा: {और उन्होंने वही सुना जो शैतानों ने राजा सुलैमान को सुनाया था, और सुलैमान ने अविश्वास नहीं किया, परन्तु शैतानों ने अविश्वास किया, और लोगों को जादू सिखाया}। 1384 - अल-कासिम ने हमें बताया, उन्होंने कहा: हज्जाज ने हमें बताया, अल-हुसैन ने हमें बताया, उन्होंने कहा: इब्न जुरैज के अधिकार पर, मुजाहिद के अधिकार पर, उनका कहना: {और उन्होंने शैतानों द्वारा कही गई बातों का पालन किया सुलैमान के राजा } उन्होंने कहा: शैतान आकाश से रहस्योद्घाटन सुन रहे थे, इसलिए जब उन्होंने एक शब्द सुना तो उन्होंने इसके समान कुछ जोड़ा। और सुलैमान ने जो कुछ उन्होंने उसके विषय में लिखा था उसे लेकर अपके सिंहासन के नीचे गाड़ दिया। जब वह मर गया, तो शैतानों ने उसे ढूंढ लिया और लोगों को उसके बारे में सिखाया। 1385 - अल-कासिम ने हमें सुनाया, उन्होंने कहा: अल-हुसैन ने हमें सुनाया, उन्होंने कहा: हज्जाज ने मुझे बताया, अबू बक्र के अधिकार पर, शहर बिन हौशाब के अधिकार पर, उन्होंने कहा: जब सुलेमान को लूट लिया गया था उसके राज्य में, शैतान सुलेमान की अनुपस्थिति के दौरान जादू लिखा करते थे, इसलिए उन्होंने लिखा: जो कोई ऐसा करना चाहता है उसे सूरज की ओर मुंह करके कहना चाहिए और जो कोई ऐसा करना चाहता है। वह सूर्य की ओर से मुंह फेर ले और ऐसा-वैसा कहे। इसलिए मैंने इसे लिखा और इसका शीर्षक रखा: "यह वही है जो आसिफ बिन बरखिया ने ज्ञान के खजाने के अवशेषों से राजा सुलेमान बिन दाउद को लिखा था," फिर मैंने इसे उनकी कुर्सी के नीचे दबा दिया। जब सुलैमान की मृत्यु हुई, तो शैतान एक उपदेशक के रूप में खड़ा हुआ और कहा: हे लोगों, सुलैमान एक भविष्यवक्ता नहीं था, बल्कि एक जादूगर था, इसलिए उसकी संपत्ति और घरों में उसके जादू की तलाश करो! तब उसने उन्हें वह स्थान दिखाया जहां उसे दफनाया गया था, और उन्होंने कहा: भगवान के द्वारा, सुलैमान एक जादूगर था, इसी तरह हमने पूजा की, और इसी तरह हम वश में हो गए। ईमानवालों ने कहा: बल्कि वह तो ईमान लाने वाला नबी था। जब भगवान ने पैगंबर मुहम्मद को भेजा, भगवान उन्हें आशीर्वाद दें और उन्हें शांति प्रदान करें, उन्होंने पैगंबरों का उल्लेख करना शुरू कर दिया जब तक कि उन्होंने डेविड और सुलैमान का उल्लेख नहीं किया, तब यहूदियों ने कहा: मुहम्मद को झूठ के साथ सच्चाई को मिलाते हुए देखें, लेकिन वह पैगंबरों के साथ सुलैमान का उल्लेख करते हैं हवा पर सवार एक जादूगर था. इसलिए परमेश्वर ने सुलैमान का बहाना प्रकट किया: {और शैतानों ने जो सुलैमान के राज्य को सुनाया था, उन्होंने उसका अनुसरण किया।" यह पद। 1386 - इब्न हामिद ने हमें बताया, उन्होंने कहा: सलामा ने मुझे बताया,

उन्होंने कहा: इब्न इशाक ने मुझसे कहा: {और सुलैमान ने अविश्वास नहीं किया, लेकिन शैतानों ने अविश्वास किया, लोगों को जादू सिखाया} और ऐसा इसलिए है क्योंकि भगवान के दूत, भगवान आशीर्वाद दे सकते हैं उसे और उसे शांति प्रदान करें, जैसा कि मुझे बताया गया था जब सोलोमन बिन दाऊद ने दूतों के बीच उल्लेख किया था, कुछ यहूदी रब्बियों ने कहा था कि क्या आपको मुहम्मद पर यह दावा करते हुए आश्चर्य नहीं होता है कि डेविड का बेटा एक पैगंबर था, और भगवान द्वारा, वह था एक जादूगर के अलावा कुछ नहीं! तो भगवान ने उनके बारे में उनकी कहावत का खुलासा किया: {और यह सुलैमान नहीं था जिसने अविश्वास किया, लेकिन शैतानों ने अविश्वास किया} यानी, जादू का पालन करके और उसके साथ काम करके {और जो बाबुल में दो स्वर्गदूतों, हारूत और मारूत पर प्रकट किया गया था}। अबू जाफ़र ने कहा: यदि इस मामले में मामला वैसा ही है जैसा हमने वर्णित किया है और उसके कथन की व्याख्या: {और उन्होंने वही किया जो शैतानों ने सुलैमान के राज्य में सुनाया था, और सुलैमान ने अविश्वास नहीं किया, लेकिन शैतानों ने अविश्वास किया} जो हमारे पास है उल्लिखित; तो यह स्पष्ट हो जाता है कि भाषण को छोड़ दिया गया है, जो इसके बारे में बताया गया था उसके लिए इसका उल्लेख पर्याप्त है, और भाषण का अर्थ यह है: {और शैतानों ने जो सुनाया उसका पालन करें} जादू का {सुलैमान के राज्य पर} तो तुम इसे सुलैमान के साथ जोड़ दो, {और सुलैमान ने अविश्वास नहीं किया} इसलिए वह जादू करता है {लेकिन शैतानों ने अविश्वास किया, लोगों को जादू सिखाया}। क़तादा उनके कथन की व्याख्या करते थे: {और सुलैमान ने अविश्वास नहीं किया, लेकिन शैतानों ने अविश्वास किया} जैसा कि हमने कहा था। 1387 -बिश्र बिन मुआद ने हमें बताया, उन्होंने कहा: यज़ीद ने हमें बताया, उन्होंने कहा: सईद ने हमें क़तादा के अधिकार पर, अपनी बात बताई: {और यह सुलैमान नहीं था जिसने अविश्वास किया, बल्कि शैतानों ने अविश्वास किया।} वह कहते हैं: यह नहीं था न उसकी सलाह से, न उसकी संतुष्टि से; लेकिन यह कुछ ऐसा है जिसे शैतानों ने उसके बिना बनाया है। हमने पहले "पाठ" के अर्थ के बारे में विभिन्न विद्वानों के बीच अंतर को इंगित किया है और इससे एक निर्देश यह है कि "पाठ" का अर्थ है "सुनाना", क्योंकि इससे पहले वाला एक अतीत विधेय था, जो उनका कहना है: {और उन्होंने अनुसरण किया} और जिन्होंने इसे निर्देशित किया, उन्होंने इसके विपरीत निर्देशित किया। हमने इसमें और इसके समकक्ष में सही कथन समझाया, जिससे इसे इस स्थान पर दोहराना अनावश्यक हो गया। जहां तक उनके कहने के अर्थ की बात है: {आप जो पढ़ते हैं} उसका मतलब है कि आप क्या पढ़ते हैं, जो जादू है। 1388 - इब्न हामिद ने हमें

बताया, उन्होंने कहा: इब्न इशाक के अधिकार पर सलामा ने हमें बताया: {और उन्होंने वही किया जो शैतानों ने सुलैमान के राजा को सुनाया था} यानी जादू। अबू जाफ़र ने कहा: शायद कोई कह सकता है: या जादू केवल सुलैमान के दिनों में था? उससे कहा गया: हां, यह उससे पहले हुआ था, और भगवान ने फिरौन के जादूगरों के बारे में बताया जो उसने उनके बारे में बताया था, और वे सुलैमान से पहले थे, और उसने नूह के लोगों के बारे में बताया कि उन्होंने नूह से कहा था कि वह एक जादूगर था ; उसने कहा: वह यहूदियों के बारे में कैसे बता सकता है कि उन्होंने सुलैमान के शासनकाल के दौरान शैतानों का अनुसरण किया था? यह कहा गया था: क्योंकि हमने जो स्पष्टीकरण प्रदान किया है, उसके अनुसार उन्होंने इसे सुलैमान के साथ जोड़ दिया, इसलिए सर्वशक्तिमान ईश्वर ने सुलैमान को उस चीज़ से मुक्त करने के लिए इसका उल्लेख करना चाहा, जो उन्होंने धोखा दिया था और जो कुछ उन्होंने पाया था, उसे इसमें जोड़ दिया, या तो उसके खजाने में या उसके सिंहासन के नीचे, जैसा कि हमने उसके बारे में उल्लेख किया है, उसके अनुसार। यह समाचार केवल सुलैमान के दिनों में यहूदियों ने क्या अनुसरण किया और शैतानों ने क्या अनुसरण किया, इस तक ही सीमित था और उस कारण से कोई अन्य नहीं। भले ही शैतानों ने उससे पहले जादू और अविश्वास का अनुसरण किया हो, और जो बाबुल में दो स्वर्गदूतों, हारुत और मारुत पर प्रकट हुआ था।सर्वशक्तिमान के कथन की व्याख्या के संबंध में कहावत: {और जो बाबुल में दो स्वर्गदूतों, हारुत और मारुत पर प्रकट किया गया था}। विद्वानों ने "क्या" की व्याख्या में मतभेद किया जो उनके कथन में है: "और जो दो स्वर्गदूतों के लिए भेजा गया था" उनमें से कुछ ने कहा: इसका अर्थ इनकार है, जिसका अर्थ है "क्यों।" ऐसा कहने वालों का उल्लेख: 1389 - मुहम्मद बिन साद ने मुझे बताया, उन्होंने कहा: मेरे पिता ने मुझे बताया, उन्होंने कहा: मेरे चाचा ने मुझे बताया, उन्होंने कहा, मेरे पिता ने मुझे बताया, अपने पिता के अधिकार पर, के अधिकार पर इब्न अब्बास, उनका कहना: {और बेबीलोन, हारुत और मारुत में दो स्वर्गदूतों के लिए क्या भेजा गया था} वह कहते हैं: भगवान ने जादू नहीं भेजा। 1390 - इब्न हामिद ने हमें बताया, उन्होंने कहा: हुकम ने मुझे अबू जाफ़र के अधिकार पर, अल-रबी इब्न अनस के अधिकार पर बताया: {और दो स्वर्गदूतों के लिए क्या भेजा गया था} उन्होंने कहा: भगवान ने नहीं भेजा उनके लिए जादू, तो कविता की व्याख्या इस अर्थ पर आधारित है कि हमने इब्न अब्बास और अल-रबी के अधिकार पर उनके कहने के अर्थ के मार्गदर्शन से उल्लेख किया है: "और दो स्वर्गदूतों को क्या पता चला": और यह था दोनों स्वर्गदूतों पर प्रकट नहीं हुआ, और उन्होंने वही किया जो शैतानों ने सुलैमान के राजा को जादू सुनाया था, और

सुलैमान ने अविश्वास नहीं किया और न ही परमेश्वर ने उन दोनों स्वर्गदूतों पर जादू भेजा {लेकिन शैतानों ने अविश्वास किया, लोगों को जादू सिखाया} बाबुल में, हारुत और मारुत, तो फिर उनका कहना: {बेबीलोन, हारुत और मारुत में} बाद वाले से है, जिसका अर्थ है प्रस्तुत करना। यदि कोई हमसे कहे: यह कैसे प्रस्तुत किया गया? यह कहा गया था: इसे पेश करने का कारण यह है: और उन्होंने उस पर अमल किया जो शैतानों ने सुलैमान के राजा को सुनाया और जो दो स्वर्गदूतों पर प्रकट किया गया था, लेकिन शैतानों ने इनकार कर दिया, उन्होंने बाबुल, हारुत और मारुत में लोगों को जादू सिखाया। इसलिए वह दो स्वर्गदूतों से चिंतित है: गेब्रियल और माइकल। क्योंकि ऊपर वर्णित यहूदी जादूगरों ने दावा किया था कि भगवान ने गैब्रियल और माइकल की जीभ के माध्यम से सोलोमन बिन डेविड तक जादू भेजा था। तो भगवान ने उससे इस बारे में झूठ बोला और अपने पैगंबर मुहम्मद को बताया, भगवान की प्रार्थना और शांति उस पर हो, कि गेब्रियल और माइकल ने कभी जादू नहीं किया था, और सुलैमान को उनके द्वारा किए गए जादू से बरी कर दिया गया था, इसलिए उसने उन्हें बताया कि जादू था शैतानों का काम, और उन्होंने लोगों को बेबीलोन के विषय में शिक्षा दी, और जिन्होंने उन्हें शिक्षा दी वे दो मनुष्य थे, उन में से एक का नाम हारुत और दूसरे का नाम मारुत था। इस व्याख्या के अनुसार, हारुत और मारुत लोगों के लिए एक व्याख्या और उनके प्रति प्रतिक्रिया हैं। दूसरों ने कहा: बल्कि, "क्या" की व्याख्या जो उनके कहने में है: "और जो दो स्वर्गदूतों के लिए भेजा गया था" "कौन"। ऐसा कहने वालों का उल्लेख: 1391 - अल-हसन बिन याह्या ने हमें बताया, उन्होंने कहा: अब्द अल-रज्जाक ने हमें बताया, उन्होंने कहा: मुअम्मर ने कहा, क़तादा और अल-जुहरी ने अब्दुल्ला के अधिकार पर कहा: {और क्या पता चला बेबीलोन में दो स्वर्गदूतों के लिए, हारुत और मारुत} वे दो स्वर्गदूत थे जिन्हें लोगों के बीच न्याय करने के लिए भेजा गया था। इसका कारण यह है कि स्वर्गदूतों ने आदम के पुत्रों के आदेशों का उपहास किया था, उन्होंने कहा: इसलिए एक महिला ने उनका न्याय किया और उन्होंने उसके साथ अच्छा व्यवहार किया, फिर वे चढ़ गए, लेकिन उनके और उसके बीच एक बाधा थी, और उन्हें एक विकल्प दिया गया था। इस दुनिया की यातना और उसके बाद की यातना के बीच, इसलिए उन्होंने इस दुनिया की यातना को चुना। मुअम्मर ने कहा: क़तादा ने कहा: वे लोगों को जादू सिखाते थे, इसलिए उन्होंने उन पर यह थोप दिया कि वे इसे किसी को न सिखाएं जब तक कि वे न कह दें: हम तो केवल एक परीक्षा हैं, इसलिए अविश्वास न करें। 1392 - मूसा ने मुझे बताया, उन्होंने कहा: अम्र ने हमें बताया, उन्होंने कहा: अस्बत ने हमें बताया, अल-सुद्दी के अधिकार पर: जहां तक

उनके कहने का सवाल है: {और बेबीलोन, हारुत और मारुत में दो स्वर्गदूतों को क्या पता चला था} यह यह एक और जादू है जिसके विषय में उन्होंने उस से विवाद भी किया; वह कहता है: जो कुछ दो स्वर्गदूतों पर प्रकट किया गया था, उसके अनुसार उन्होंने उससे विवाद किया, और स्वर्गदूतों के शब्द, जो आपस में थे, यदि मानव जाति को सिखाए गए और उन्होंने बनाए और उन पर अमल किया, तो जादू होगा। 1393बिश्र बिन मुआद ने हमें बताया, उन्होंने कहा: यज़ीद ने हमें बताया, उन्होंने कहा: सईद ने हमें बताया, क़तादा के अधिकार पर, उनका कहना: {वे लोगों को जादू सिखाते हैं और जो बेबीलोन, हारुत और मारुत में लोगों के सामने प्रकट किया गया था} तो जादू दो जादू हैं: शैतानों द्वारा सिखाया गया जादू, और हारुत और मारुत द्वारा सिखाया गया जादू।   1394 - अल-मुथन्ना ने मुझे बताया, उन्होंने कहा: अब्दुल्ला बिन सालेह ने हमें बताया, उन्होंने कहा: मुआविया बिन सालेह ने मुझे बताया, अली बिन अबी तल्हा के अधिकार पर, इब्न अब्बास के अधिकार पर, उनका कहना: {और क्या पता चला बेबीलोन में दो स्वर्गदूतों, हारुत और मारुत से उन्होंने कहा: एक आदमी और उसकी पत्नी के बीच अलगाव।   1395 - यूनुस ने मुझे बताया, उसने कहा: इब्न वहब ने हमें बताया, उसने कहा: इब्न ज़ैद ने कहा: : {लेकिन शैतानों ने अविश्वास किया, लोगों को जादू सिखाया और जो दो स्वर्गदूतों पर प्रकट हुआ था} इसलिए उसने तब तक पढ़ा जब तक वह नहीं पहुंच गया: {ऐसा ही करो अविश्वास मत करो} उन्होंने कहा: शैतान और दो स्वर्गदूत लोगों को जादू सिखाते हैं।   अबू जाफर ने कहा: आयत का अर्थ इस कहावत की व्याख्या पर आधारित है जिसका हमने उल्लेख किया है जिसके बारे में हमने इसका उल्लेख किया है: और यहूदियों ने सुलैमान के शासनकाल में शैतानों का अनुसरण किया, जो दो राजाओं पर प्रकट हुआ था बेबीलोन, हारुत और मारुत में।   वे ईश्वर के दो स्वर्गदूत हैं, सर्वशक्तिमान ईश्वर ने चाहा तो हम उनके संबंध में समाचारों में जो कुछ बताया गया है उसका उल्लेख करेंगे।   और उन्होंने कहा: यदि कोई हमसे कहे: क्या ईश्वर के लिए जादू भेजना जायज़ है, या उसके फ़रिश्तों के लिए लोगों को सिखाना जायज़ है? हमने उनसे कहा: सर्वशक्तिमान ईश्वर ने सभी अच्छे और बुरे को नीचे भेजा है, और अपने सेवकों को वह सब समझाया है, इसलिए उन्होंने इसे अपने दूतों पर प्रकट किया और उन्हें अपनी रचना सिखाने और उन्हें जागरूक करने का आदेश दिया कि उनके लिए क्या अनुमेय है और क्या उनके लिए वर्जित है. यह व्यभिचार, चोरी और अन्य पापों के समान है जिसके बारे में वे जानते थे और उन्हें इसमें शामिल होने से मना करते थे। जादू-टोना उन पापों में से एक है जिसके बारे में उन्होंने उन्हें बताया और उन्हें अभ्यास करने से मना किया।   उन्होंने कहा: जादू के

ज्ञान में कोई पाप नहीं है, जैसे शराब बनाने और मूर्तियों, ड्रमों और खेल के मैदानों को तराशने के ज्ञान में कोई पाप नहीं है, बल्कि पाप इसे करने और इसे अच्छी तरह से करने में है। उन्होंने कहा: इसी तरह, जादू के बारे में जानने में कोई पाप नहीं है, लेकिन पाप इसका अभ्यास करने और किसी ऐसे व्यक्ति को नुकसान पहुंचाने में है, जिसे इसके द्वारा नुकसान पहुंचाने की अनुमति नहीं है। उन्होंने कहा: ईश्वर द्वारा इसे दो स्वर्गदूतों के पास भेजने में कोई पाप नहीं है, न ही दो स्वर्गदूतों द्वारा इसे उन लोगों को सिखाने में कोई पाप है जिन्होंने इसे सिखाया है, यदि यह उन लोगों द्वारा उन्हें सिखाया गया था जिन्होंने उन्हें सिखाया था, भगवान की अनुमति के साथ उन्हें सिखाया गया था जब उन्होंने उससे कहा कि वे एक परीक्षण थे और उसे जादू, उसके साथ काम करने और अविश्वास से मना किया। परन्तु पाप उस पर है जो उन से यह सीख कर उस पर अमल करता है, क्योंकि सर्वशक्तिमान ईश्वर ने उसे इसे सीखने और उस पर अमल करने से मना किया है। उन्होंने कहा: यदि ईश्वर ने आदम के बच्चों को यह सीखने की अनुमति दी होती, तो इसे सीखने में कोई कठिनाई नहीं होती, जैसे कि वे इसके बारे में अपने ज्ञान से शर्मिंदा नहीं होते, क्योंकि उनका ज्ञान ईश्वर के रहस्योद्घाटन से था। . दूसरों ने कहा: "क्या" का अर्थ "किस" का अर्थ है, और यह पहले "क्या" का एक संयोजन है, सिवाय इसके कि पहला जादू के अर्थ में है और परलोक एक आदमी को अलग करने के अर्थ में है उसकी पत्नी से. आयत की व्याख्या इस कहावत पर आधारित है: और उन्होंने उस जादू का अनुसरण किया जो शैतानों ने सुलैमान के शासनकाल के दौरान सुनाया था, और एक आदमी और उसकी पत्नी के बीच अलगाव हुआ था, जो बाबुल, हारुत और में दो स्वर्गदूतों के सामने प्रकट हुआ था। मारुत. ऐसा कहने वालों का उल्लेख: 1396 - अल-मुथन्ना ने मुझे बताया, उन्होंने कहा: अबू हुदैफा ने हमें बताया, उन्होंने कहा: शिबल ने हमें इब्न अबी नजीह के अधिकार पर बताया। मुजाहिद के अधिकार पर: {और जो बाबुल में दो स्वर्गदूतों, हारुत और मारुत पर प्रकट किया गया था} और वे जानते थे कि एक आदमी को उसकी पत्नी से अलग करना क्या है, और वह सर्वशक्तिमान ईश्वर का कहना है: {और सुलैमान ने इनकार नहीं किया, लेकिन शैतानों ने विश्वास नहीं किया} और वह कहा करते थे: जहां तक जादू की बात है, केवल शैतान ही इसे सिखाते हैं, और जो दो स्वर्गदूतों को सिखाता है, यह एक आदमी और उसकी पत्नी के बीच का अंतर है, जैसा कि सर्वशक्तिमान ईश्वर ने कहा था। दूसरों ने कहा: इसके लिए "क्या" का अर्थ "क्या" होना जायज़ है, और इसके लिए "क्या" का अर्थ "क्यों" होना भी जायज़ है। उल्लेख किया कि ऐसा किसने कहा। 1397 -यूनुस बिन अब्दुल-अला ने मुझे बताया, उन्होंने कहा: इब्न वहब ने हमें

बताया, उन्होंने कहा: अल-लेथ बिन साद ने मुझे बताया, याह्या बिन सईद के अधिकार पर, अल-कासिम बिन मुहम्मद के अधिकार पर, और एक आदमी ने उनसे पूछा परमेश्वर के कथन के बारे में {वे लोगों को जादू सिखाते हैं और जो बाबुल के दो स्वर्गदूतों, हारुत और मारुत पर प्रकट किया गया था} उस व्यक्ति ने कहा: वे लोगों को वह सिखाते हैं जो उन पर प्रकट किया गया था, या वे लोगों को वह सिखाते हैं जो प्रकट नहीं किया गया था उन्हें? अल-कासिम ने कहा: मुझे परवाह नहीं है कि यह कौन सा था। * - यूनुस बिन अब्दुल-अला ने मुझे बताया, उन्होंने कहा: बिश्र बिन अयाद ने अपने कुछ साथियों के अधिकार पर हमें बताया, कि अल-कासिम बिन मुहम्मद से सर्वशक्तिमान ईश्वर के शब्दों के बारे में पूछा गया था, उनका उल्लेख करते हुए: {और क्या था दो फ़रिश्तों पर नाज़िल हुई) तो उस से पूछा गया: क्या वह नाज़िल हुई या नाज़िल नहीं हुई? उन्होंने कहा: मुझे इसकी परवाह नहीं है कि यह कौन सा था, सिवाय इसके कि मुझे इस पर विश्वास था। इसके संबंध में मेरे पास जो सही कथन है, वह "क्या" के परिप्रेक्ष्य से है जो कि उनके कथन में है: "और जो दो स्वर्गदूतों के लिए भेजा गया था" के अर्थ में "क्या" के अर्थ के बिना "कौन सा" जो कि है इनकार के अर्थ में। लेकिन मैंने इसे इसलिए चुना क्योंकि "क्या" अगर यह इनकार के अर्थ की ओर निर्देशित है, तो यह दो स्वर्गदूतों को संदर्भित करने से इनकार करता है। उनके बाद के दो नाम - मेरा मतलब है हरुत और मारुत - उनके लिए एक विकल्प और उनके अनुवाद के बिना नहीं थे, या उनके कहने में लोगों के लिए एक विकल्प के बिना नहीं थे: {वे लोगों को जादू सिखाते हैं} और उनका एक अनुवाद। यदि वे दोनों फ़रिश्तों को बदल दें और उनका अनुवाद करें, तो उनके कहने का अर्थ अमान्य है: {और वे किसी को तब तक नहीं सिखाते जब तक कि वे न कह दें, "हम केवल एक परीक्षण हैं, इसलिए वे उनसे जो कुछ भी सीखते हैं।" वे एक आदमी और उसकी पत्नी को अलग करते हैं। क्योंकि अगर वे नहीं जानते कि एक आदमी और उसकी पत्नी के बीच अलगाव क्यों होता है, तो कोई उनसे क्या सीख सकता है जिसके द्वारा वह एक आदमी और उसकी पत्नी के बीच अलग हो जाता है? और फिर, उसके कहने में "क्या": "और जो दो स्वर्गदूतों के लिए भेजा गया था" यदि यह उसके कहने के साथ संयोजन में इनकार के अर्थ में है: "और सुलैमान ने इनकार नहीं किया" - भगवान, उसकी महिमा हो, यह कहकर इनकार कर दिया: "और सुलैमान ने अविश्वास नहीं किया" सुलैमान के अधिकार पर कि जादू उसका काम था या जिसने उसे सिखाया या उसे सिखाया। यदि जिस ने दोनों राजाओं की ओर से इसे झुठलाया, वह वही है जिस से उस ने सुलैमान की ओर से झुठलाया, और हारूत और मारुत दोनों राजा हैं, तो उस से यह किसने सीखा कि वह एक पुरुष और

अपनी पत्नी में भेद करता था। ? और उस ख़बर के बारे में जिसके बारे में उन्होंने बताया, उन्होंने कहा: "और उन्होंने किसी को तब तक नहीं सिखाया जब तक कि उन्होंने यह नहीं कहा, 'हम तो बस एक परीक्षा हैं, इसलिए अविश्वास न करें।'"? इस कथन की त्रुटि स्पष्ट है. यदि उनका कहना "हारुत और मारुत" उनके कथन में लोगों से अनुवाद था: {लेकिन शैतानों ने अविश्वास किया, लोगों को जादू सिखाया} तो यह शैतान ही होंगे जिन्होंने हारुत और मारुत को जादू सिखाया, और जादूगरों ने केवल हारुत से जादू सीखा और मरुत का राक्षसों द्वारा उन्हें उपदेश देना। यदि ऐसा नहीं है, तो इस लेख के लेखक के अनुसार, हरुत और मारुत दो चीजों में से एक से रहित नहीं होंगे: या तो वे देवदूत हैं, और यदि वे उसके अनुसार देवदूत हैं, तो उसने इसके लिए इसे अनिवार्य कर दिया है उन्हें इस तथ्य के लिए जिम्मेदार ठहराते हुए कि वे शैतानों से जादू सीखते हैं और लोगों को सिखाते हैं, ईश्वर पर अविश्वास करना और उसकी अवज्ञा करना, और उस पर उनका आग्रह और उस पर उनका रुख, उनके बारे में जो कहा गया था, उससे भी बड़ा यह है कि उन्होंने ऐसा किया है पाप जिसके लिए वे सज़ा के हकदार थे, और उनके बारे में सर्वशक्तिमान ईश्वर की खबर है कि वे किसी को वह नहीं सिखाते जो वह उनसे सीखता है जब तक कि वे यह न कहें: {हम केवल एक परीक्षण हैं, इसलिए अविश्वास न करें} जिसे अतिरंजित करने की आवश्यकता नहीं है इस कथन की त्रुटि को इंगित करने में। या कि वे आदम की सन्तान में से दो मनुष्य हों; यदि ऐसा नहीं होता, तो उनके विनाश के कारण आदम के पुत्रों के बीच जादू, उसका ज्ञान और क्रिया लुप्त हो गई होती। क्योंकि यदि इसका ज्ञान उनसे लिया गया और उनसे सीखा गया, तो यह आवश्यक है कि उनके नष्ट होने और न होने से उस अर्थ तक पहुंचने का कोई रास्ता नहीं है, जो उनके माध्यम से नहीं पहुंचा जा सकता था। हर समय और समय में जादू की उपस्थिति में, मैं इस कहावत के भ्रष्टाचार का सबूत दिखाता हूं। ऐसा कहने वाला यह दावा कर सकता है कि वे आदम की संतानों में से दो व्यक्ति हैं, जो इसके निर्माण के बाद से पृथ्वी से विलुप्त नहीं हुए हैं, और लोगों के बीच जादू पाए जाने के बाद भी विलुप्त नहीं होंगे। वह वह दावा करता है जो उसकी वीरता से छिपा नहीं है। यदि ये पहलू, जिनके भ्रष्टाचार की ओर हमने संकेत किया है, भ्रष्ट हो गए, तो यह स्पष्ट हो जाता है कि : {क्या} का अर्थ जो उनके कहने में है: : {और जो प्रकट किया गया थादो देवदूत} का अर्थ है "वह जो", और हारुत और मारुत का अनुवाद दो स्वर्गदूतों से किया गया है; इसलिए, उनके नामों का अंतिम भाग खोला गया, क्योंकि वे दो स्वर्गदूतों के जवाब में निचले मामले में थे, लेकिन जब वे नहीं चल रहे थे, तो उनके नामों का अंतिम भाग खोला गया था। यदि कोई मूर्ख व्यक्ति हमारी

बातों से भ्रमित हो जाता है, तो वह कहता है: ईश्वर के स्वर्गदूतों को लोगों को एक आदमी को उसकी पत्नी से अलग करने की शिक्षा देना कैसे संभव है? या ईश्वर, धन्य और परमप्रधान, स्वर्गदूतों के रहस्योद्घाटन को जोड़ना कैसे स्वीकार्य है? उससे कहा गया: ईश्वर, उसकी महिमा हो, वह अपने दासों को वह सब जानता है जो उसने उन्हें आज्ञा दी थी और जो कुछ उसने उन्हें मना किया था, फिर उसने उन्हें आज्ञा दी और उनसे यह जानकर उन्हें मना किया कि उन्हें क्या करने की आज्ञा दी गई थी और क्या मना किया गया था से। यदि बात कुछ और होती तो आदेश और निषेध का कोई बोधगम्य अर्थ नहीं होता। तो जादू कुछ ऐसा है कि उसने आदम के पुत्रों में से अपने सेवकों को मना कर दिया है कि ईश्वर सर्वशक्तिमान ने उसे दो स्वर्गदूतों को सिखाया है जिन्हें उसने अपने रहस्योद्घाटन में नामित किया था और उन्हें आदम के पुत्रों में से अपने सेवकों के लिए एक परीक्षण बनाया था। जैसा कि उस ने उन से कहा, कि जो कोई उन से यह सीख ले, उस से कहते हैं, कि हम तो परीक्षा करनेवाले हैं, इसलिये अविश्वास न करो, ताकि वह उन से अपने दासों की परीक्षा ले, जिन्हें उस ने पुरूष और पत्नी को अलग करने और जादू करने से मना किया है , इसलिए आस्तिक उनसे न सीखकर अपमानित होता है, और काफ़िर उनसे जादू और अविश्वास सीखने से अपमानित होता है। उसने परमेश्वर के अलावा परमेश्वर के संतों के एक समूह की पूजा की, और इससे उन्हें कोई नुकसान नहीं हुआ, क्योंकि यह उनके लिए उनके आदेश से नहीं था, बल्कि उसने उनमें से कुछ की पूजा की, और जिसकी पूजा की जा रही थी, उसने उसे मना किया, दोनों स्वर्गदूत नहीं थे उन लोगों के जादू के जादू से नुकसान पहुँचाया गया, जिन्होंने उनसे यह सीखा था, जबकि उन्होंने उसे मना किया था, और उन्होंने यह कहकर उसे चेतावनी दी: {हम केवल एक परीक्षण हैं, इसलिए अविश्वास न करें} जब उन्होंने जो कुछ करने का आदेश दिया था, उसे पूरा कर दिया ऐसा कहकर. जैसे: 1398 -मुहम्मद बिन बशर ने हमें बताया, उन्होंने कहा: याह्या बिन सईद ने हमें औफ के अधिकार पर, अल-हसन के अधिकार पर, अपने कथन में बताया: "और बेबीलोन, हारुत और मारुत में दो स्वर्गदूतों को क्या पता चला" जब तक उनका कहना: "तो अविश्वास मत करो" - उन्होंने इसे उन पर ले लिया। उन्होंने दो राजाओं के बयान में कुछ समाचारों का उल्लेख किया, और जिन्होंने कहा कि हरुत और मारुत दो राजा हैं जिनका उल्लेख सर्वशक्तिमान ईश्वर ने अपने कथन में किया है: {बेबीलोन में} 1399 - मुहम्मद बिन बशर ने हमें बताया, उन्होंने कहा: मुआद बिन हिशाम ने हमें बताया, उन्होंने कहा: मेरे पिता ने मुझे बताया, क़तादा के अधिकार पर, उन्होंने कहा: अबू शुबा अल-अदावी ने हमें इब्न अब्बास के अधिकार पर यूनुस बिन जुबैर

अबी ग़लब के अंतिम संस्कार में बताया, जिन्होंने कहा: परमेश्वर ने आदम के पुत्रों के कामों को देखने के लिए अपने स्वर्गदूतों के लिए आकाश खोल दिया, और जब उन्होंने उन्हें पाप करते देखा, तो उन्होंने कहा: हे भगवान, ये आदम के पुत्र हैं जिन्हें आपने अपने हाथ से बनाया था, और आपके स्वर्गदूतों ने उन्हें सजदा किया था उसे, और उन्हें सब कुछ नाम सिखाया, वे पाप करते हैं। उन्होंने कहा: यदि आप उनकी जगह होते तो जैसा उन्होंने किया, वैसा ही करते. उन्होंने कहा: आपकी महिमा हो, हमें ऐसा नहीं करना चाहिए था। उन्होंने कहा: इसलिए उन्हें किसी ऐसे व्यक्ति को चुनने का आदेश दिया गया जो पृथ्वी पर उतरेगा। उसने कहा: इसलिए उन्होंने हारूत और मरूत को चुना, और वे धरती पर चले गए, और उनके लिए इसमें कुछ भी करना जायज़ था, सिवाय इसके कि वे ईश्वर के साथ कुछ भी साझी न बनाएं, न चोरी करें, न व्यभिचार करें, न शराब पियें। न ही उस आत्मा को मारो जिसे ईश्वर ने मना किया है, सिवाय अधिकार के। उन्होंने कहा: उन्होंने तब तक जारी नहीं रखा जब तक कि उन्होंने उन्हें एक महिला नहीं दिखाई, जिसके आधे अच्छे कर्म बांटे गए थे, और उसे "बिदखत" कहा जाता था। जब उन्होंने उसे देखा, तो वे उसके साथ व्यभिचार करना चाहते थे, और उसने कहा: नहीं , जब तक आप दूसरों को भगवान के साथ नहीं जोड़ेंगे, शराब नहीं पियेंगे, अपनी आत्मा को मार डालेंगे और इस मूर्ति के आगे झुक जायेंगे। उन्होंने कहाः हम किसी चीज़ को ईश्वर के साथ नहीं जोड़ेंगे। उनमें से एक ने दूसरे से कहा: उसके पास वापस जाओ। उसने कहा: नहीं, जब तक तुम शराब नहीं पीओगे! उन्होंने तब तक शराब पी जब तक वे नशे में नहीं हो गये, और एक भिखारी उनके पास घुस आया और उन्होंने उसे मार डाला। जब वे बुराई में पड़ गए, तो भगवान ने अपने स्वर्गदूतों के लिए स्वर्ग खोल दिया, और उन्होंने कहा: आपकी महिमा हो, आप सबसे अच्छे से जानते थे! उन्होंने कहा: इसलिए ईश्वर ने सुलेमान बिन दाऊद को इस बात के लिए प्रेरित किया कि वह उन्हें इस दुनिया की यातना और आख़िरत की यातना के बीच एक विकल्प दे, इसलिए उन्होंने इस दुनिया की यातना को चुना, इसलिए उन्हें उनकी टखनों से लेकर उनकी गर्दनों की तरह जंजीरों में जकड़ दिया गया। एक ऊँट और उन्हें बेबीलोन में रखा गया। * - अल-मुथन्ना ने मुझे बताया, उन्होंने कहा: अल-हज्जाज बिन अल-मिन्हाल ने हमें बताया, उन्होंने कहा: हज्जाज ने हमें बताया, अली बिन ज़ैद के अधिकार पर, अबू उस्मान अल-नाहदी के अधिकार पर, के अधिकार पर इब्न मसऊद और इब्न अब्बास ने कहा: जब आदम के पुत्र बढ़ गए और अवज्ञा की, तो स्वर्गदूतों, पृथ्वी, आकाश और पहाड़ों ने उन्हें बुलायाः हमारे भगवान, क्या तुम उन्हें नष्ट नहीं करते? तो परमेश्वर ने स्वर्गदूतों पर प्रकाश डाला: यदि मैं ने तुम्हारे हृदयों में से अभिलाषा

और शैतान को निकाल कर तुम्हें भेजा होता, तो तुम भी वैसा ही करते। उसने कहा: तो उन्होंने अपने आप से कहा कि यदि वे भीग गए, तो वे मजबूती से पकड़ लेंगे। इसलिए भगवान ने उन्हें आपमें से सर्वश्रेष्ठ में से दो राजा चुनने के लिए प्रेरित किया। इसलिए उन्होंने हारुत और मरुत को चुना, और वे पृथ्वी पर उतरे और शुक्र को फारस के लोगों में से एक महिला के रूप में उनके पास भेजा गया, और फारस के लोग उसे "बैदखत" कहते थे। उसने कहा: फिर वे पाप में पड़ गए, और फ़रिश्ते उन लोगों के लिए क्षमा मांग रहे थे जो विश्वास करते थे। {हमारे भगवान, आप दया और ज्ञान में सभी चीजों को शामिल करते हैं, इसलिए पश्चाताप करने वालों को माफ कर दें। जब वे पाप में गिर गए, तो उन्होंने पृथ्वी पर लोगों के लिए क्षमा मांगी: {वास्तव में, भगवान क्षमाशील, सबसे दयालु हैं।} इसलिए उन्हें इस दुनिया की पीड़ा और उसके बाद की पीड़ा के बीच एक विकल्प दिया गया था, इसलिए उन्होंने चुना इस दुनिया की पीड़ा. 1400 - अल-मुथन्ना ने मुझे बताया, उन्होंने कहा: अल-हज्जाज ने मुझे बताया, उन्होंने कहा: हम्माद ने हमें बताया, खालिद अल-हदा के अधिकार पर, अम्र बिन सईद के अधिकार पर, उन्होंने कहा: मैंने अली को यह कहते सुना: अल -ज़हरा फारस के लोगों में से एक खूबसूरत महिला थी, और उसने दो राजाओं हारुत और मारुत के साथ विवाद किया था, और उन्होंने उसे खुद से खारिज कर दिया था, इसलिए उसने तब तक इनकार कर दिया जब तक कि वे उसे वे शब्द नहीं सिखाते, जो बोले जाने पर उसे स्वर्ग तक ले जाएंगे। . सो उन्होंने उसे सिखाया, और वह बोली, और वह आकाश पर चढ़ गई, और तारा बन गई। 1401 -मुहम्मद बिन बशर और मुहम्मद बिन अल-मुथन्ना ने हमें बताया, उन्होंने कहा: मुमिल बिन इस्माइल ने हमें बताया, और अल-हसन बिन याह्या ने हमें बताया, उन्होंने कहा: अब्दुल रज्जाक ने अल-थावरी के अधिकार पर, हमें सब कुछ बताया मुहम्मद बिन उकबा के अधिकार पर, सलेम के अधिकार पर, इब्न उमर के अधिकार पर, काब के अधिकार पर, उन्होंने कहा: स्वर्गदूतों ने आदम के बच्चों के कर्मों और उनके द्वारा किए गए पापों का उल्लेख किया, इसलिए वे थे कहा: आप में से दो को चुनें - और अल-हसन बिन याह्या ने अपनी हदीस में कहा: उन्होंने दो स्वर्गदूतों को चुना - इसलिए उन्होंने हारुत और मारुत को चुना, इसलिए उनसे कहा गया: मैं आदम के बच्चों के लिए दूत भेज रहा हूं, और कोई दूत नहीं है मेरे और तुम्हारे बीच में आओ और मेरे साथ कोई संबंध न रखो, न व्यभिचार करो, और न शराब पीओ! काब ने कहा: भगवान की कसम, जिस दिन वे पृथ्वी पर उतरे थे, वह तब तक नहीं बीता था जब तक कि उन्होंने वह सब पूरा नहीं कर लिया था जो उन्हें मना किया गया था। अल-हसन बिन याह्या ने अपनी हदीस में कहा: उन्होंने उस

दिन को पूरा नहीं किया था जिस दिन उन्हें नीचे भेजा गया था जब तक कि उन्होंने वह नहीं किया जो भगवान ने उनसे मना किया था। * - अल-मुथन्ना ने मुझे बताया, उन्होंने कहा: मुअल्ला बिन असद ने हमें बताया, उन्होंने कहा: अब्दुल अजीज बिन अल-मुख्तार ने हमें बताया, मूसा बिन उकबा के अधिकार पर, उन्होंने कहा: सलेम ने मुझे बताया कि उसने अब्दुल्ला को बोलते हुए सुना काब अल-अहबर के अधिकार पर, ऐसा हुआ कि स्वर्गदूतों ने आदम के पुत्रों के कार्यों और पृथ्वी पर उनके पापों को अस्वीकार कर दिया, भगवान ने उनसे कहा: यदि आप उनके स्थान पर होते, तो आप ऐसा करते जो पाप वे करते हैं वही करते हैं, इसलिए अपने में से दो स्वर्गदूत चुन लो! तो उन्होंने हारूत और मारूत को चुना, और ईश्वर ने उनसे कहा: मैं लोगों के पास अपने दूत भेज रहा हूं, और मेरे और तुम्हारे बीच कोई दूत नहीं है, धरती पर आओ, और मेरे साथ कुछ भी साझी न बनाओ, और न कोई अपराध करो व्यभिचार! काब ने कहा: उसकी क़सम जिसके हाथ में काब की आत्मा है, उन्होंने उस दिन को पूरा नहीं किया जिस दिन वे रुके थे जब तक कि उन्होंने वह पूरा नहीं कर लिया जो ईश्वर ने उनसे मना किया था। 1402 - मूसा बिन हारुन ने मुझे बताया, उन्होंने कहा: अम्र ने हमें बताया, उन्होंने कहा: अस्बत ने हमें अल-सुद्दी के अधिकार पर बताया: हारूत और मारूत के मामलों में से एक यह था कि उन्होंने पृथ्वी के लोगों को उनके फैसलों के संबंध में चुनौती दी थी , और उन से कहा गया, कि मैं ने आदम की सन्तान को दस अभिलाषाएं दीं, और उनके द्वारा उन्होंने मेरी अवज्ञा की। हारूत और मरुत ने कहाः ऐ हमारे पालनहार, यदि तू हमें वह इच्छाएँ दे देता और फिर उतर आता, तो हम न्यायपूर्वक अपना न्याय करते। उसने उनसे कहा: नीचे आओ, क्योंकि मैंने तुम्हें ये दस इच्छाएँ दी हैं, इसलिए लोगों के बीच न्याय करो! इसलिए उन्होंने बेबीलोन में डनबावंड में डेरा डाला, और उन्होंने तब तक शासन किया, जब तक कि शाम को वे ऊपर नहीं चढ़ गए, और फिर सुबह वे नीचे नहीं उतरे। वे ऐसे ही रहे जब तक कि एक महिला अपने पति से झगड़ती हुई उनके पास नहीं आई, उन्हें उसकी सुंदरता पसंद आई, और अरबी में उसका नाम "अल-ज़हरा" और नबातियन में "बेदख्त" और फ़ारसी में उसका नाम "अनाहिद" था। तो उनमें से एक ने अपने दोस्त से कहा: मुझे वह पसंद है। दूसरे ने कहा: मैं तुमसे इसका जिक्र करना चाहता था, लेकिन मुझे तुमसे शर्म आ रही थी। दूसरे ने कहा: क्या तुम उसे अपनी याद दिला सकते हो? उन्होंने कहा: हाँ, लेकिन हम भगवान की सजा कैसे भुगत सकते हैं? दूसरे ने कहाः हमें ईश्वर की दया की आशा है। जब वह अपने पति से झगड़ने को आई, तो उस ने उस से अपना वर्णन किया, और उस ने कहा, जब तक तू मेरे लिये मेरे पति का न्याय न कर ले, सो उन्होंने उसके पति का

न्याय कर दिया। फिर उसने उनसे वादा किया कि एक खंडहर जगह होगी जहां वे उसके पास आएंगे, इसलिए वे उसके पास आए, और जब उसके साथ संभोग करने वाले ने उसके साथ संभोग करना चाहा, तो उसने कहा: जब तक आप न बताएं, मैं क्या करूंगी? मुझे किन शब्दों के साथ तुम स्वर्ग पर चढ़ोगे? आप इससे क्या शब्द कहते हैं? उन्होंने उससे कहा, और वह बोलकर ऊपर चली गई। तो भगवान ने उसे भूला दिया कि वह क्या करने जा रही थी, इसलिए वह जहां थी वहीं रह गई, और भगवान ने उसे एक सितारा बना दिया - और जब भी अब्दुल्ला बिन उमर ने उसे देखा, तो उसे शाप दिया और कहा: यह वही है जिसने हारुत और मारुत को मोहित किया है - और जब रात हुई, तो वे चढ़ना चाहते थे, लेकिन वे नहीं जा सके, इसलिए वे जानते थे कि वे नष्ट हो जाएंगे, इसलिए उन्हें इस दुनिया और उसके बाद की पीड़ा के बीच एक विकल्प दिया गया था, इसलिए उन्होंने इस दुनिया की पीड़ा को चुना इस दुनिया की पीड़ा के बाद, वे बेबीलोन में फंस गए और लोगों से बात करने लगे, जो जादू था। 1403 -अल-मुथन्ना बिन इब्राहिम ने मुझे बताया, उन्होंने कहा: इशाक ने हमें बताया, उन्होंने कहा, इब्न अबी जाफ़र ने हमें बताया, अपने पिता के अधिकार पर, अल-रबी के अधिकार पर, उन्होंने कहा: जब आदम के बाद लोग गिर गए जिस पाप और ईश्वर में अविश्वास के कारण वे गिर गए, स्वर्ग में स्वर्गदूतों ने कहा: हे इस दुनिया के भगवान, आपने उन्हें केवल आपकी पूजा करने और आपकी आज्ञा मानने के लिए बनाया है, और उन्होंने अविश्वास, आत्माओं की गैरकानूनी हत्या, गैरकानूनी धन का उपभोग, चोरी की है। , व्यभिचार, और शराब पीना! अतः उन्होंने उनके विरुद्ध प्रार्थनाएँ कीं और उन्हें क्षमा न किया। उनसे कहा गया: वे अदृश्य में हैं! उन्होंने उन्हें क्षमा न किया, इसलिये उन से कहा गया, अपने में से दो स्वर्गदूतों को चुन लो, जिन्हें मैं अपनी आज्ञा मानने की आज्ञा दूंगा, और उन्हें मेरी अवज्ञा करने से रोको। इसलिए उन्होंने हारुत और मारुत को चुना, और वे आदम के बच्चों की इच्छाओं को अपने साथ ले गए, उन्हें ईश्वर की पूजा करने और उसके साथ कुछ भी न जोड़ने की आज्ञा दी, और आत्मा की गैरकानूनी हत्या, गैरकानूनी धन का उपभोग करने, चोरी करने से मना किया। , व्यभिचार, और शराब पीना। वे कुछ समय तक पृथ्वी पर ऐसे ही रहे, लोगों के बीच सच्चाई के साथ शासन करते रहे, और वह इदरीस के समय में था, और उस समय में एक महिला थी जिसकी सुंदरता बाकी लोगों के बीच शुक्र की सुंदरता के समान थी ग्रह का. और वह उनके पास आई, और उन्होंने बातों में उसके अधीन हो गए, और वे चाहते थे कि वह अपने विरुद्ध हो, और उसने उनके आदेशों और धर्म का पालन करने से इनकार कर दिया, और उन्होंने उससे उस धर्म के बारे में पूछा जिसका वह पालन करती थी, इसलिए

वह उनके लिये एक मूर्ति ले आई और कहा, मैं इसी की पूजा करती हूं। उन्होंने कहा: हमें इस आदमी की पूजा करने की कोई आवश्यकता नहीं है। इसलिए वे चले गए और जब तक भगवान ने चाहा तब तक धैर्य रखा, फिर वे उसके पास आए और मौखिक रूप से उसके अधीन हो गए और चाहते थे कि वह खुद पर नियंत्रण रखे। उसने कहा: नहीं, जब तक तुम वैसी नहीं हो जैसी मैं हूं। उन्होंने कहा: हमें इस आदमी की पूजा करने की कोई आवश्यकता नहीं है। जब उसने देखा कि उन्होंने मूर्ति की पूजा करने से इनकार कर दिया है, तो उसने उनसे कहा: तीन चीजों में से एक चुनें: या तो मूर्ति की पूजा करें, खुद को मार डालें, या शराब पीएं। उन्होंने कहा: ये सब उचित नहीं है और इन तीनों में सबसे आसान है शराब पीना. तब उस ने उन्हें दाखमधु पिलाया, यहां तक कि जब वह उनके भीतर दाखमधु समा गई, तब वे उसके साथ गिर पड़े, और जब वे उसी में थे, तो एक मनुष्य उनके पास से गुजरा, और उन्हें डर हुआ कि वह उनके विषय में कुछ फैलाएगा, इसलिए उन्होंने उसे मार डाला। जब उनका नशा उतर गया, तो उन्हें एहसास हुआ कि वे किस पाप में गिर गए हैं और वे स्वर्ग पर चढ़ना चाहते थे, लेकिन वे ऐसा नहीं कर सके, इसलिए किसी चीज़ ने उन्हें ऐसा करने से रोक दिया, और उनके और स्वर्ग के लोगों के बीच का पर्दा हट गया। इसलिए स्वर्गदूतों ने उस पाप को देखा जिसमें वे गिर गए थे, और वे पूरी तरह से चकित हो गए, और उन्होंने जान लिया कि जो कोई अदृश्य में है वह कम छिपा हुआ है, इसलिए उसके बाद उन्होंने पृथ्वी पर उन लोगों के लिए क्षमा मांगना शुरू कर दिया। और जब वे उस पाप में गिर गए जिसमें वे गिर गए, तो उनसे कहा गया: इस दुनिया की यातना या परलोक की यातना चुनो! उन्होंने कहाः दुनिया की यातना तो रुक जायेगी, परन्तु आख़िरत की यातना नहीं रुकेगी। इसलिए उन्होंने इस दुनिया की पीड़ा को चुना, इसलिए उन्हें बेबीलोन में रखा गया, जहां उन्हें पीड़ा दी गई। * - अल-कासिम ने हमें सुनाया, उन्होंने कहा: अल-हुसैन ने हमें सुनाया, उन्होंने कहा: फराज बिन फदाला ने हमें सुनाया, मुआविया बिन सलीह के अधिकार पर, नफी के अधिकार पर, उन्होंने कहा: मैंने साथ यात्रा की इब्न उमर, और जब देर रात हो गई, तो उन्होंने कहा: हे नफ़ी, देखो, लाल निकल आया! उसने यह बात दो-तीन बार कही। फिर मैंने कहा: निकल गया. उसने कहाः न हेलो, न हेलो! मैंने कहा: भगवान की जय हो, एक दब्बू सितारा, एक आज्ञाकारी श्रोता? उन्होंने कहा: मैंने तुम्हें केवल वही बताया जो मैंने ईश्वर के दूत से सुना था, ईश्वर उन्हें आशीर्वाद दें और उन्हें शांति प्रदान करें। उन्होंने कहा: ईश्वर के दूत, ईश्वर की प्रार्थना और शांति उन पर हो, ने मुझसे कहा: "स्वर्गदूतों ने कहा: हे भगवान, आदम के पुत्रों और पापों में आपका धैर्य कैसा है?" उन्होंने कहा, "अगर हम उनकी जगह होते तो हम तुम्हारी

अवज्ञा न करते।" इसलिए उन्होंने हारुत और मारुत को चुना।" 1404अल-मुथन्ना ने मुझे सुनाया, उन्होंने कहा: अबू हुदैफा ने हमें सुनाया, उन्होंने कहा: शिबल ने हमें इब्न अबी नजीह के अधिकार पर, मुजाहिद के अधिकार पर बताया: जहां तक हारुत और मारुत का मामला है, स्वर्गदूत थे आदम की सन्तान के अन्याय पर आश्चर्य हुआ, और उनके पास सन्देशवाहक, किताबें और स्पष्ट प्रमाण आए, और उनके भगवान ने उनसे कहा: तुम में से दो फ़रिश्ते चुन लो, जिन्हें वह मनुष्यों के बीच पृथ्वी का निर्णय करने के लिए भेजेगा ! तो उन्होंने हारुत और मारुत को चुन लिया, और जब उसने उन्हें भेजा तो उसने उनसे कहा: तुम आदम की संतान और उनके अन्याय और अवज्ञा से आश्चर्यचकित हो, उनके पास पीछे से एक के बाद एक सन्देशवाहक और किताबें आती रहती हैं, और मेरे बीच कोई दूत नहीं है और आप, अमुक-अमुक करो, और अमुक-अमुक को बुलाओ! उसने उन्हें कुछ करने का आदेश दिया और उन्हें मना किया। फिर वे इस पर उतरे, और उनसे बढ़कर परमेश्वर का आज्ञाकारी कोई नहीं, इसलिए वे न्याय करते और न्यायी होते, इस प्रकार वे दिन को आदम की सन्तान के बीच प्रभुता करते थे, और जब सांझ हुई तो चढ़ गए और स्वर्गदूतों के साथ हो गए। और भोर को उन्होंने आकर राज्य किया, और धर्मी ठहरे। जब तक कि अल-ज़हरा एक झगड़ालू महिला के सबसे अच्छे रूप में उनके सामने प्रकट नहीं हो गई, और उन्होंने उसे मार डाला। जब वह उठी, तो उनमें से हर एक ने अपने आप को अपने आप में पाया, और उनमें से एक ने अपने दोस्त से कहा: क्या तुम्हें वही मिला जो तुमने पाया था? उसने कहा: हाँ, तो उन्होंने उसके पास कहला भेजा: हम तुम्हारे लिए एक निवारण लाए हैं। जब वह लौटी, तो उन्होंने उस से कहा, और निर्णय सुनाया, आ! इसलिये वह उनके पास गई, और उन्होंने अपने गुप्तांग उस पर प्रगट किए। उनकी इच्छा केवल उनके भीतर ही थी, और स्त्रियों के प्रति अपनी वासना और सुख में वे आदम के पुत्रों के समान नहीं थे। जब वे उस बिंदु पर पहुंचे और हमारे लिए ऐसा करने की अनुमति दी, तो फूल उड़ गया और जहां था वहीं वापस आ गया। जब साँझ हुई, तो वे आप ही चल दिए, और उन्हें आज्ञा न दी गई, और उनके पंख उन्हें न उठा सके। तो उन्होंने आदम की सन्तान में से एक आदमी से मदद मांगी, और वे उसके पास आए और कहा: हमारे लिए अपने रब को बुलाओ! उन्होंने कहा: पृथ्वी के लोग स्वर्ग के लोगों के लिए कैसे मध्यस्थता करते हैं? उन्होंने कहा: हमने आपके रब को स्वर्ग में अच्छी चीजों की याद दिलाते हुए सुना है। उसने उनसे एक दिन का वादा किया और कल वह उनके लिए प्रार्थना करेगा। तो उसने उनके लिए प्रार्थना की और उसकी कुबूल की गई, इसलिए उसे इस दुनिया की यातना और आखिरत की यातना के बीच एक विकल्प दिया गया। फिर उनमें से

एक ने अपने दोस्त की ओर देखा और कहा: हम जानते हैं कि आखिरत में ईश्वर की सज़ा के प्रकार ऐसे-वैसे, अनंत काल में और इस दुनिया में सात गुना एक जैसे हैं। इसलिए उन्हें बाबुल में रहने का आदेश दिया गया, और फिर उन्हें पीड़ा दी जाएगी। उन्होंने दावा किया कि वे लोहे से लटक रहे थे, मुड़े हुए थे और अपने पंख फड़फड़ा रहे थे। अबू जाफ़र ने कहा: कुछ पढ़ने वालों से यह पता चला कि वह पढ़ता था: {और जो दो फ़रिश्तों पर प्रकट हुआ} यानी आदम की संतान में से दो आदमी। हमने अनुमान की दृष्टि से इसे पढ़ने में हुई त्रुटि का प्रदर्शन किया है। जहां तक प्रसारण की बात है तो इसे पढ़ने में हुई त्रुटि के प्रमाण पर साथियों, अनुयायियों और क्षेत्र के वाचकों की ओर से सर्वसम्मति है और यह इसकी त्रुटि का पर्याप्त प्रमाण है। जहाँ तक उनके कथन {बेबीलोन में} की बात है, यह पृथ्वी पर एक गाँव या स्थान का नाम है। इसके बारे में व्याख्या करने वालों में मतभेद था और उनमें से कुछ ने कहा: यह बाबेल डनबावंड है। * - मूसा ने मुझे इसके बारे में बताया। उन्होंने कहा: अम्र ने हमें बताया। उन्होंने अल-सुद्दी के अधिकार पर हमें बताया। उनमें से कुछ ने कहा: बल्कि, वह बेबीलोन, इराक है। यह कहने वालों का उल्लेख: 1405 - अल-कासिम ने हमें सुनाया, उन्होंने कहा: अल-हुसैन ने हमें सुनाया, उन्होंने कहा: हज्जाज ने मुझे बताया, इब्न अबी अल-ज़ानद के अधिकार पर, हिशाम बिन के अधिकार पर उर्वा, अपने पिता के अधिकार पर, आयशा के अधिकार पर, एक कहानी में मैंने एक महिला के बारे में उल्लेख किया था जो मदीना आई थी, इसलिए उसने उल्लेख किया कि वह बेबीलोन में इराक में थी, वह अपने हारुत और मारुत को ले आई, और उसने सीखा उनसे जादू। वे जादू के अर्थ में भिन्न थे, और उनमें से कुछ ने कहा: यह चालें, तरकीबें और अर्थ हैं जो जादूगर करता है, जब तक कि मंत्रमुग्ध व्यक्ति कल्पना नहीं करता कि वह चीज़ जो है उससे अलग है, जैसे वह जो मृगतृष्णा देखता है दूर से, और वह कल्पना करता है कि यह पानी है, और उस चीज़ को दूर से देखता है और पुष्टि करता है कि यह वास्तव में जो है उससे भिन्न है। जैसे जहाज पर कोई यात्री तेजी से आगे बढ़ रहा हो, उसे ऐसा प्रतीत होता है कि उसने जो देखा वह सबसे बुरा है अरबी - आसान व्याख्या

(102) और यहूदियों ने दाऊद के पुत्र सुलैमान के शासनकाल में शैतानों ने जादूगरों से जो कहा था, उसका पालन किया। सुलैमान ने अविश्वास नहीं किया और जादू नहीं सीखा, लेकिन शैतान वे थे जिन्होंने लोगों को जादू सिखाते समय ईश्वर पर विश्वास नहीं किया। अपना धर्म भ्रष्ट कर रहे हैं. इसी तरह, यहूदियों ने उस जादू का अनुसरण किया जो "इराक" में "बेबीलोन" की भूमि पर दो राजाओं, हारुत और

मारुत पर प्रकट हुआ था। ईश्वर की ओर से अपने बंदों के लिए एक परीक्षा और परीक्षण, और दोनों फ़रिश्ते तब तक किसी को नहीं सिखाते थे जब तक कि वे उसे सलाह न दें और उसे जादू सीखने के खिलाफ चेतावनी दें, और उससे कहा: जादू सीखने और शैतानों की आज्ञा मानने में अविश्वास न करो। लोग दोनों राजाओं से सीखते हैं कि पति-पत्नी के अलग होने तक उनके बीच नफरत कैसे पैदा की जाए। ईश्वर की अनुमति और आदेश के बिना जादूगर किसी को नुकसान नहीं पहुँचा सकते। जादूगर बुराई के अलावा कुछ भी नहीं सीखते हैं जो उन्हें नुकसान पहुंचाता है और उन्हें फायदा नहीं पहुंचाता है, शैतानों ने इसे यहूदियों तक पहुंचाया, और यह उनके बीच तब तक फैल गया जब तक कि उन्होंने इसे भगवान की किताब से अधिक पसंद नहीं किया। यहूदी जानते थे कि जो कोई जादू को चुनता है और सत्य को त्याग देता है, उसे परलोक में भलाई में कोई हिस्सा नहीं मिलेगा। वह जादू और अविश्वास कितना दयनीय है जिसके लिए उन्होंने रसूल पर विश्वास करने और उसका अनुसरण करने के बजाय खुद को बेच दिया, यदि उनके पास केवल इतना ज्ञान होता कि उन्हें जो करने की सलाह दी गई थी उसके आधार पर कार्रवाई होती।

(103) और यदि यहूदियों ने ईश्वर पर विश्वास किया होता और उनका भय माना होता, तो वे निश्चित होते कि ईश्वर का प्रतिफल उनके लिए जादू से बेहतर है और उन्होंने इससे क्या प्राप्त किया है, यदि वे वास्तव में उस पुरस्कार और पुरस्कार को जानते थे जो विश्वास और पवित्रता के साथ आता है, उन्होंने विश्वास कर लिया होगा.

(104) हे ईमान वालों, पैगम्बर मुहम्मद से यह मत कहो, भगवान उन्हें आशीर्वाद दें और उन्हें शांति प्रदान करें: हमारा ख्याल रखें, अर्थात्: अपनी सुनवाई का ख्याल रखें, इसलिए हमारी ओर से समझें और हमें समझें; चूँकि यहूदी इसे पैगंबर से कहते थे, भगवान की प्रार्थना और शांति उस पर हो, इसके साथ अपनी जीभ को विकृत करते थे, उसका अपमान करने और उसे मूर्खता बताने का इरादा रखते थे, और कहते थे - हे विश्वासियों - इसके बजाय: "हमें देखो" , "अर्थात् हमारी ओर देखो और हमसे प्रतिज्ञा करो, और यह उसी वांछित अर्थ को पूरा करता है जो तुम्हें तुम्हारे रब की किताब से सुनाया जाता है और उसे समझो। और कृतघ्नों के लिए दुखद यातना है।

(105) किताब वालों और मुश्रिकों में से अविश्वासी यह नहीं चाहते कि तुम्हारे रब की ओर से कोई भी अच्छाई तुम तक पहुंचे, जैसे क़ुरआन या ज्ञान, या मदद, या शुभ सूचना।   ईश्वर अपनी दया के लिए जिसे भी चाहता है अपने सेवकों के लिए भविष्यवाणी और संदेश भेजता है।   ईश्वर वह है जो प्रचुर मात्रा में और बहुतायत से देता है।

सऊद विश्वविद्यालय

एनसाइक्लोपीडिया ब्रिटानिका

हारूत और मारूत, इस्लामी पौराणिक कथाओं में, दो स्वर्गदूत जो अनजाने में बुराई के स्वामी बन गए। स्वर्गदूतों का एक समूह, पृथ्वी पर किए जा रहे पापों को देखने के बाद, मनुष्य की कमज़ोरियों का उपहास करने लगा। परमेश्वर ने घोषणा की कि वे समान परिस्थितियों में कोई बेहतर कार्य नहीं करेंगे और प्रस्तावित किया कि कुछ स्वर्गदूतों को यह देखने के लिए पृथ्वी पर भेजा जाए कि वे मूर्तिपूजा, हत्या, व्यभिचार और शराब का कितनी अच्छी तरह विरोध कर सकते हैं। हारूत और मारूत, चुने हुए स्वर्गदूत, जैसे ही पृथ्वी पर उतरे, एक सुंदर स्त्री ने उन्हें बहकाया। तब उन्होंने यह जानकर कि उनके पाप का कोई गवाह है, उसे मार डाला। तब स्वर्ग में स्वर्गदूतों को यह स्वीकार करने के लिए मजबूर किया गया कि परमेश्वर वास्तव में सही था, जबकि गिरे हुए स्वर्गदूतों को अपने पापों के लिए या तो पृथ्वी पर या नरक में प्रायश्चित का सामना करना पड़ा। हारूत और मारूत ने पृथ्वी पर दंडित होना चुना और निर्णय के दिन तक बेबीलोनिया में एक कुएं में अपने पैरों से लटकने की निंदा की।

हारूत और मारूत का पहली बार कुरान (2:102) में दो स्वर्गदूतों के रूप में उल्लेख किया गया है जो बाबुल में बुराई का पता लगा रहे थे, और किंवदंती शायद यह समझाने के लिए प्रकट हुई कि वे उस स्थिति में कैसे हुए। यह कहानी अपने आप में गिरे हुए स्वर्गदूत शेमज़ाई, उज़्ज़ा और अज़ाएल के बारे में एक यहूदी किंवदंती के समान है। हारूत और मारूत नाम व्युत्पत्ति के अनुसार हारुवत और अमेरेटैट, ज़ोरास्ट्रियन महादूतों से संबंधित प्रतीत होते हैं।

संदर्भ -एनसाइक्लोपीडिया ब्रिटानिका

हारूत और मारूत

हारूत और मारूत, इस्लामी पौराणिक कथाओं में, दो देवदूत जो अनजाने में बुराई के स्वामी बन गए। स्वर्गदूतों के एक समूह ने पृथ्वी पर हो रहे पापों को देखकर मनुष्य की कमज़ोरी का उपहास करना शुरू कर दिया। भगवान ने घोषणा की कि वे समान परिस्थितियों में बेहतर कार्य नहीं करेंगे और प्रस्तावित किया कि कुछ स्वर्गदूतों को पृथ्वी पर यह देखने के लिए भेजा जाए कि वे मूर्तिपूजा, हत्या, व्यभिचार और शराब

का कितना विरोध कर सकते हैं। जैसे ही हारुत और मारुत, चुने गए स्वर्गदूत, पृथ्वी पर उतरे, वे एक खूबसूरत महिला के बहकावे में आ गए। फिर, यह जानकर कि उनके पाप का एक गवाह था, उन्होंने उसे मार डाला। स्वर्ग में स्वर्गदूतों को तब यह स्वीकार करने के लिए मजबूर किया गया कि भगवान वास्तव में सही थे, जबकि गिरे हुए स्वर्गदूतों को या तो पृथ्वी पर या नरक में अपने पापों के लिए प्रायश्चित का सामना करना पड़ा। हारुत और मारुत ने पृथ्वी पर दंडित होने का फैसला किया और न्याय के दिन तक बेबीलोनिया में एक कुएं में उनके पैरों पर लटकने की निंदा की गई।

हारुत और मारुत का उल्लेख पहली बार कुरान (2:102) में बेबीलोन में बुराई फैलाने वाले दो स्वर्गदूतों के रूप में किया गया है, और किंवदंती शायद यह समझाने के लिए प्रकट हुई कि वे उस स्थिति में कैसे थे। यह कहानी स्वयं गिरे हुए स्वर्गदूतों शेमाज़ाई, उज्जा और अज़ाएल के बारे में एक यहूदी किंवदंती के समानांतर है। ऐसा प्रतीत होता है कि हारुत और मारुत नाम व्युत्पत्तिगत रूप से पारसी महादूतों हारुवतत और अमेरेतट से संबंधित हैं।
देवदूत और दानव– देवदूत और दानव, क्रमशः, कोई भी परोपकारी या द्वेषपूर्ण आध्यात्मिक प्राणी जो पारलौकिक और लौकिक क्षेत्रों के बीच मध्यस्थता करता है।
मिलस्टोन के साथ देवदूत
डेमन को भी लिखा जाता है: डेमन
इटरनल वर्ड टेलीविज़न नेटवर्क - एंजल्स/डेमन्स (जनवरी 02, 2024)
धर्मों के पूरे इतिहास में, विभिन्न आध्यात्मिक प्राणियों, शक्तियों और सिद्धांतों में विभिन्न प्रकार और डिग्री के विश्वास मौजूद हैं जो पवित्र या पवित्र के क्षेत्र - यानी, पारलौकिक क्षेत्र - और समय, स्थान और अपवित्र क्षेत्र के बीच मध्यस्थता करते हैं। कारण और प्रभाव। ऐसे आध्यात्मिक प्राणियों को, जब परोपकारी माना जाता है, आमतौर पर यहूदी धर्म, ईसाई धर्म और इस्लाम में देवदूत कहा जाता है, और जिन्हें द्वेषपूर्ण माना जाता है उन्हें राक्षस कहा जाता है। अन्य परंपराओं में, ऐसे मध्यवर्ती प्राणी कम स्पष्ट होते हैं, क्योंकि वे कुछ परिस्थितियों में परोपकारी और दूसरों में द्वेषपूर्ण हो सकते हैं।

एन्जिल्स
एंजल शब्द, जो ग्रीक शब्द एंजेलोस से लिया गया है, हिब्रू शब्द मल'अख के बराबर है, जिसका अर्थ है "दूत।" इस प्रकार देवदूत शब्द का शाब्दिक अर्थ सार या प्रकृति

के अर्थों के बजाय ब्रह्मांडीय पदानुक्रम में ऐसे प्राणियों के कार्य या स्थिति की ओर अधिक इंगित करता है, जो विशेष रूप से पश्चिमी धर्मों में लोकप्रिय धर्मपरायणता में प्रमुख रहे हैं। इस प्रकार, स्वर्गदूतों का महत्व मुख्य रूप से इस बात में है कि वे क्या करते हैं, बजाय इसके कि वे क्या हैं। उनके पास जो भी सार या अंतर्निहित प्रकृति है, वह उनके स्रोत (ईश्वर, या परम अस्तित्व) के साथ उनके संबंध के संदर्भ में है। हालाँकि, स्वर्गदूतों की पश्चिमी प्रतिमा विज्ञान (छवि प्रतीकों की प्रणाली) के कारण, उन्हें आवश्यक पहचान प्रदान की गई है जो अक्सर पवित्र या पवित्र के साथ उनके कार्यात्मक संबंधों और अपवित्र दुनिया के साथ उनके प्रदर्शनात्मक संबंधों से आगे निकल जाती है। दूसरे शब्दों में, लोकप्रिय धर्मपरायणता, स्वर्गदूतों के ग्राफिक और प्रतीकात्मक प्रतिनिधित्व पर आधारित, कुछ हद तक देवदूत आकृतियों को अर्धदिव्य या यहां तक कि दैवीय स्थिति प्रदान करती है। हालाँकि ऐसी घटनाओं को आमतौर पर सैद्धांतिक या धार्मिक रूप से स्वीकृत नहीं किया जाता है, कुछ देवदूत आकृतियाँ, जैसे कि मिथ्रा (एक फ़ारसी देवता जो पारसी धर्म में स्वर्ग और पृथ्वी के बीच एक देवदूत मध्यस्थ और निर्मित दुनिया के न्यायाधीश और संरक्षक बन गए) ने अर्ध-दिव्य या दैवीय स्थिति प्राप्त की है। उनके अपने पंथ.

पारसी धर्म में अमेश स्पेंडस, पवित्र या प्रचुर अमरों में विश्वास था, जो बुद्धिमान भगवान, अहुरा मज़्दा के कार्यात्मक पहलू या संस्थाएं थे। अमेश स्पेंटस में से एक, वोहु मनाह (अच्छा दिमाग), ईरानी पैगंबर जरथुस्त्र (ज़ोरोस्टर; मृत्यु लगभग 551 ईसा पूर्व) को सच्चा ईश्वर, उसकी प्रकृति और एक प्रकार की नैतिक वाचा के बारे में बताता है, जिसे मनुष्य स्वीकार और पालन कर सकते हैं या अस्वीकार कर सकते हैं। और अवज्ञा करना. इसी तरह, लगभग 1,200 साल बाद, महादूत गेब्रियल ने पैगंबर मुहम्मद (5वीं-6वीं शताब्दी सीई) को कुरान (इस्लाम की पवित्र पुस्तक) और सच्चे ईश्वर (अल्लाह), उनकी एकता, और नैतिक और सांस्कृतिक के बारे में बताया। इस्लाम की आवश्यकताएँ. ईश्वर के दूत गेब्रियल का वर्णन करने के लिए उपयोग किए जाने वाले विशेषण - "पवित्रता की भावना" और "वफादार आत्मा" - पारसी धर्म के अमेश स्पेंटस और पवित्र आत्मा, ट्रिनिटी (पिता) के तीसरे व्यक्ति के लिए लागू होने वाले समान हैं , पुत्र, और पवित्र आत्मा), ईसाई धर्म में। इन एकेश्वरवादी धर्मों में (हालाँकि पारसी धर्म बाद में द्वैतवादी हो गया) और यहूदी धर्म में भी, स्वर्गदूतों की कार्यात्मक विशेषताओं को उनके ऑन्कोलॉजिकल (या होने की प्रकृति) विशेषताओं की तुलना में अधिक स्पष्ट रूप से वर्णित किया गया है - कई उदाहरणों को छोड़कर जिनमें लोकप्रिय धर्मपरायणता और किंवदंती को नजरअंदाज कर दिया गया है कार्यात्मक पहलू.

गैर-साहित्यिक संस्कृतियों सहित विभिन्न धर्मों में पवित्र और अपवित्र क्षेत्रों के बीच मध्यस्थ प्राणियों में विश्वास है, लेकिन पश्चिम के धर्मों में यह विश्वास पूरी तरह से विस्तृत है।

शैतान

रावण– दानव शब्द ग्रीक शब्द डेमॉन से लिया गया है, जिसका अर्थ है "अलौकिक प्राणी" या "आत्मा"। हालाँकि इसे आम तौर पर एक दुष्ट या द्वेषपूर्ण आत्मा से जोड़ा गया है, लेकिन मूल रूप से इस शब्द का अर्थ एक आध्यात्मिक प्राणी था जो किसी व्यक्ति के चरित्र को प्रभावित करता है। उदाहरण के लिए, एक अगाथोस डेमॉन ("अच्छी आत्मा"), मनुष्यों के साथ अपने रिश्ते में उदार था। उदाहरण के लिए, यूनानी दार्शनिक सुकरात ने अपने डेमॉन को एक ऐसी आत्मा के रूप में वर्णित किया जिसने उसे सत्य खोजने और बोलने के लिए प्रेरित किया। यह शब्द धीरे-धीरे अलौकिक क्षेत्र की छोटी आत्माओं के लिए लागू किया गया जो मनुष्यों पर ऐसे कार्य करने के लिए दबाव डालते थे जो उनकी भलाई के लिए अनुकूल नहीं थे। प्रमुख व्याख्या को द्वेष के पक्ष में महत्व दिया गया है और जो बुराई, दुर्भाग्य और शरारत को रोकता है।

गैर-साक्षर लोगों के धर्मों में, आध्यात्मिक प्राणियों को व्यक्ति या समुदाय के सामने आने वाली परिस्थितियों के अनुसार या तो पुरुषवादी या परोपकारी के रूप में देखा जा सकता है। इस प्रकार, राक्षसों को दुष्ट प्राणियों के बीच रखने वाला सामान्य वर्गीकरण इन धर्मों के संदर्भ में पूरी तरह से लागू नहीं होता है।

परोपकारी या दुष्ट के रूप में देखे जाने वाले आध्यात्मिक प्राणियों या संस्थाओं की स्थिति समय के साथ उलट हो सकती है। प्राचीन भारत-ईरानी धर्म में ऐसा ही मामला रहा है, जिससे आरंभिक पारसी धर्म और वेदों (प्राचीन आर्य भजन) में प्रतिबिंबित प्रारंभिक हिंदू धर्म विकसित हुआ। पारसी धर्म में देवों को द्वेषपूर्ण प्राणियों के रूप में देखा जाता था, लेकिन उनके समकक्ष, प्राचीन हिंदू धर्म में देवों को देवताओं के रूप में देखा जाता था। पारसी धर्म के अहुरा अच्छे "स्वामी" थे, लेकिन हिंदू धर्म में उनके समकक्ष, असुर, दुष्ट स्वामी में बदल दिए गए थे। इसी प्रकार, शैतान, जो नौकरी की किताब में ईश्वर के न्याय की अदालत में मनुष्यों का अभियोजक था, ईसाई धर्म में ईसा मसीह का और इस्लाम में मानवता का मुख्य विरोधी बन गया। इसी तरह के कई परिवर्तनों से संकेत मिलता है कि स्वर्गदूतों को

परोपकारी और राक्षसों को दुष्ट के रूप में किया गया तीव्र अंतर बहुत सरल हो सकता है, हालांकि ऐसे पदनाम ऐसे आध्यात्मिक प्राणियों के सामान्य कार्यों के संकेतक के रूप में उपयोगी हो सकते हैं।

britannica

Encyclopaedia Iranica

हारूत और मारूत, दो गिरे हुए स्वर्गदूत जिन्होंने बेबीलोन में मानवजाति को जादू सिखाया। कुरान में एक बार उनका उल्लेख किया गया है (2:96 [2:102]) एक मार्ग में (यहूदी) अविश्वासियों को जो सुलैमान के समय शैतानों (सयातिन) की शिक्षा का पालन करते हैं। "सुलैमान ने अविश्वास नहीं किया, परन्तु शैतानों ने अविश्वास किया, और लोगों को जादू [सिहर] और जो बाबुल में दो स्वर्गदूतों हारूत और मारूत में भेजा गया था, सिखाते थे; वे पहले कहे बिना किसी को नहीं सिखाते: 'हम केवल एक प्रलोभन हैं, इसलिए अविश्वास न करें,' इसलिए वे उनसे सीखते हैं कि वे किस तरह से पुरुष और पत्नी को अलग करते हैं; लेकिन वे अल्लाह की अनुमति के बिना किसी को चोट नहीं पहुँचाते हैं "(त्र। बेल, I, पृष्ठ 14)। स्वर्गदूतों की उत्पत्ति और उनके अपराध की प्रकृति को अस्पष्ट छोड़ दिया गया है, इसलिए धर्मशास्त्रियों और कुरान के टीकाकारों ने तल्मूडिक, सिरिएक, ईरानी और यहां तक कि ग्रीक दंतकथाओं (नीचे देखें) का उपयोग करके प्रकरण की व्याख्या करने की मांग की। वे विभिन्न परंपराओं के साथ आए, सबसे व्यापक रूप से तबरी (तफ़सीर II, पीपी। 412 एफएफ; वज्दा भी देखें, पृष्ठ 237) द्वारा एकत्र किया गया, और एन्नो लिटमैन द्वारा सबसे अच्छा अध्ययन किया गया (ग्रंथसूची देखें)। विशुद्ध रूप से इस्लामी संस्करणों के साथ-साथ, वहाँ एक मुस्लिम-फ़ारसी प्रतिपादन भी विकसित हुआ जिसका नीचे इलाज किया जाएगा।

इस्लामी संस्करण को निम्नानुसार संक्षेपित किया जा सकता है। जैसे-जैसे मानवजाति बढ़ती गई, उनकी पापबुद्धि और लंपटता ने स्वर्गदूतों को यह शिकायत करने के लिए प्रेरित किया कि परमेश्वर उनके प्रति बहुत उदार हो रहा है। परन्तु परमेश्वर ने उत्तर दिया कि यदि स्वर्गदूत उन्हीं मनोभावों और दबावों के संपर्क में आ गए होते जो मनुष्य को इन शारीरिक पापों को करने के लिए प्रेरित करते थे, तो वे भी स्वयं को नियंत्रित करने में सक्षम नहीं होते। स्वर्गदूतों ने स्वेच्छा से नीचे जाकर मनुष्यों की तरह पृथ्वी पर रहने की इच्छा व्यक्त की, लेकिन उनके जैसे अपराध करने से परहेज किया। भगवान ने इसे संभव बनाया। स्वर्गदूतों में से दो सबसे शुद्ध और कुलीन, हरुत और मारूत, पृथ्वी पर उतरे और कुछ समय के लिए निर्दोष जीवन व्यतीत किया जब तक कि उन्हें एक सुंदर महिला (कुछ टिप्पणियों में फ़ारस की राजकुमारी के रूप में वर्णित) और उसके बीच मध्यस्थता करने के लिए नहीं कहा गया। पति। दो स्वर्गदूत उसके साथ मुग्ध हो गए, लेकिन उसने अपनी कामुक इच्छाओं का तब तक विरोध किया जब तक कि उन्होंने उसे एक बड़ा एहसान नहीं

दिया। कुछ ने कहा कि उसने उनसे भगवान के अकथनीय नाम की खोज की जिसने उन्हें रात में स्वर्ग में चढ़ने में सक्षम बनाया। इसे उद्घाटित करके, वह ऊपर चली गई और खुद को शुक्र ग्रह (ज़हरा / ज़ोहरा) के रूप में आकाश में चिपका लिया, पापी स्वर्गदूतों को पृथ्वी पर शक्तिहीन छोड़ दिया। दूसरों ने कहा कि उसने उन्हें शराब पिलाई, जिसके बाद उन्होंने एक निर्दोष राहगीर की हत्या कर दी। इस सब से क्रोधित होकर, भगवान विश्वासहीन स्वर्गदूतों पर कठोर दंड देने वाले थे, लेकिन, एक महान दूत (या एक भविष्यद्वक्ता, कुछ संस्करणों में एड्रिस) की हिमायत पर, उन्होंने उन्हें इस दुनिया में सदा की पीड़ा के बीच चयन करने की अनुमति दी या अगले में नारकीय सजा। उन्होंने पूर्व को चुना, और उन्हें बाबुल में एक कुएँ में बाँध कर कैद कर दिया गया। हम्द-अल्लाह मुस्तौफी (ले स्ट्रेंज, लैंड्स, पृष्ठ 72 में उद्धृत) के अनुसार, कुआँ "पहाड़ी के शिखर पर" था। वर्जित जादुई कलाओं के साधक वहाँ गिरे हुए स्वर्गदूतों से शिक्षा प्राप्त करने गए।

कुफान विद्वान अबू मोहम्मद सोलायमान बी। मेह-रान आमास (d. 148/765) को यह कहते हुए उद्धृत किया गया है कि हज्जाज ने रास अल-जालुत (निर्वासित) को एक जिज्ञासु, धर्मपरायण मुस्लिम को कुएं की ओर मार्गदर्शन करने का आदेश दिया, और "उन्होंने दो स्वर्गदूतों को देखा, जो दो पहाड़ों के समान विशाल थे , उल्टा लटका हुआ, उनका सिर जमीन से थोड़ा ऊपर, और टखने से घुटनों तक जंजीर। खौफ में नेक आदमी ने अल्लाह का नाम लिया, जिससे जंजीरों में जकड़े लोग हिंसक रूप से कांपने लगे, और उनकी हलचल ने उन्हें इतना भयभीत कर दिया कि वह बेहोश हो गए" (कज्विनी, अहार अल-बेलाद, पीपी। 305-7)।

गिरे हुए स्वर्गदूतों की कहानी के विकास का अध्ययन लिटमैन, लियो जुंग (पीपी। 131-32), बर्नार्ड हेलर, जोसेफ होरोविट्ज़ (पीपी। 146-48), जीन डी मेनास, बर्नार्ड बामबर्गर (पीपी। 114-17) द्वारा किया गया है।), जार्ज वाजदा, और अन्य। उन्होंने दिखाया है कि विषय अंततः "एलोहीम के पुत्रों" और उत्पत्ति 6:1-4 में पुरुषों की बेटियों के प्रेम पर आधारित है, गिरे हुए स्वर्गदूतों के रूपांकनों के साथ, जिन्होंने जादू-टोने में महारत हासिल की है, जो अप्रमाणिक किताबों से पूरक है (जुबली 5):6; हनोक 6-8) और नए नियम में संकेत (2 पतरस 2:4; यहूदा 6)। मिडराश अबकीर, जो पुरानी यहूदी परंपराओं में समृद्ध है, दोषी स्वर्गदूतों शेमज़ाज़ी, 'उज़्ज़ा और' अज़ा'एल को बुलाता है, (सुराबादी, पृष्ठ 16 भी देखें) और बताते हैं कि कैसे उन्होंने नामाह, सुंदर नामाह के लिए भगवान के अप्रभावी नाम को प्रकट करके अपनी शक्ति खो दी। महिला जिसने अपनी अवांछित वासना से बचने के लिए

इसका इस्तेमाल किया और उसे भगवान द्वारा शुक्र ग्रह के रूप में स्वर्ग में रहने की अनुमति देकर उसकी शुद्धता के लिए पुरस्कृत किया गया।

मुस्लिम भाषाविदों ने माना कि हारुत और मरुत अरबी मूल के नहीं थे (देखें जेफरी, पी। 283 संदर्भों के साथ), लेकिन यह पता लगाने के लिए पॉल लागार्डे (पीपी। 15, 16 9) पर छोड़ दिया गया था कि वे अवेस्टन हौरवाट (क्यूवी) / Ḵordād का प्रतिनिधित्व करते हैं।   और Amərətāt/Amurdād (q.v.), Aməša Spəntas (q.v.) में से दो जो क्रमशः पानी और पौधों के संरक्षक थे (Darmesteter का विस्तृत अध्ययन देखें)।   उन्होंने आगे उल्लेख किया कि कहानी का 'ज़हरा' जो शुक्र ग्रह बन गया, अनाहिद (q.v.) या बिदोत (कुछ तफ़सीरों के अनुसार एक नबातियन शब्द और दूसरों के अनुसार फ़ारसी मूल का) के अलावा कोई नहीं था।   इतनी जल्दी तिथि पर मारुत में शुरुआती ए- के नुकसान में अन्य समानताएं हैं।   अगाथांगेलोस के लिखे जाने के समय तक, अर्मेनियाई लोगों ने हौरौट-मौरौत बनाने के लिए दो नामों हौरवेट और अमेरेटैट को जोड़ दिया था, जलकुंभी परिवार के एक फूल का नाम (डुमेज़िल; आगे देखें अनानिकियान, पी. 62 और हेनिंग, 1965, पी. 251[1977) , I, पृष्ठ 626]) "उदगम दिवस पर लोकप्रिय संस्कारों में प्रयुक्त" (रसेल, पृष्ठ 375)। मध्य फ़ारसी शब्दावलियों की एक जोड़ी सोग्दियन हव्व्ट मृवत (हेनिंग, 1940, पृ. 16, 19 [1977, I, पृ. 17, 20]) के साथ 'mwrd'd hrwd'd है।   हनोक नाम की पुस्तक का स्लावोनिक संस्करण (33.11 बी) पृथ्वी के संरक्षक के रूप में एरियोच और मारिओच (लिटमैन, पी। 83; होरोविट्ज़, पी। 147), और एक बार संदिग्ध रूप (जेफरी, एलओसी। सीआईटी।) अब हैं कुमरान (मिलिक, पृष्ठ 110) में पाए गए अरामी संस्करण द्वारा पुष्टि की गई।

एक विदेशी वातावरण में ईरानी अमासा स्पेंटस का प्रदर्शन एक आश्चर्य के रूप में नहीं आना चाहिए।   कुरान स्वयं सूरा 27.39 में इसी तरह के एक मामले को प्रमाणित करता है, जहां 'एफ्रिट "दानव" अवेस्टन जीनियस अफरीती का एक रूपांतर है, जिसका उपनाम दहमान "पवित्र" है, जो खुद को धर्मी के रूप में प्रकट करता है, जब वह आशीर्वाद देता है (ग्रे, फाउंडेशन, पीपी। 130-31; जेफरी, पृष्ठ 215)।   व्यापक संदर्भ में निश्चित रूप से कई अन्य समानांतर समान उदाहरण हैं, जैसे कि बुद्ध फारसी में "मूर्ति" बन जाते हैं (बेली, पृष्ठ 103)।

विशुद्ध रूप से इस्लामी संस्करणों के साथ-साथ, एक मुस्लिम-फ़ारसी प्रतिपादन भी विकसित हुआ, जिसे पहली बार फ़ारसी में तथाकथित तबरी के तफ़सीर में पूरी तरह से दर्ज किया गया था, जिसे समानीद राजा मंसूर बी के लिए संकलित किया गया था।   362/963 में नुह (तर्जोमा-ये तफ़सीर-ए तबारी I, पीपी। 96-97), जो कुरान

और उसके इतिहास पर अरबी टिप्पणी दोनों से सामग्री पर आधारित है। शुरुआती फ़ारसी तफ़सीरों में अन्य प्रतिपादन कहानी में एक दिलचस्प विवरण या एक नया मोड़ जोड़ते हैं। फारसी संस्करण को अभी तक पर्याप्त ध्यान नहीं मिला है। वास्तव में, प्रारंभिक फ़ारसी तफ़सीरों में पाए जाने वाले स्रोतों, कथा तकनीकों और विवरणों की श्रेणी पर बहुत कम शोध किया गया है (देखें EXEGESIS iii। फारसी में), उदाहरण के लिए, ताज अल-तराजेम फाई तफ़सीर अल-कुरान ले' अबू-मोआफ्फर शाहफुर एस-फ्रायनी (डी। 471/1078) का एल-आजेम, अबू बक्र अतीक निसाबुरी सुराबादी का तफसीर-ए सुराबादी (डी। 484/1091), कस्फ अल-असर वा 'ओददत अल अबरार (शुरू हुआ) 520/1126 में) अबू-फ़ज़ल राशिद-अल-दीन मेयबोदी, और अबू-फोतुह राज़ी के रावज़ अल-जेनान (6/12वीं शताब्दी का पहला भाग)। इस कुरान के अनुच्छेद पर कई टिप्पणियां वैध और अवैध दोनों श्रेणियों के जादू की प्रकृति पर व्याख्या करती हैं, और कुछ में दिलचस्प अतिरिक्त विवरण शामिल हैं। मिथक का इस्लामी फारसी संस्करण एक ही कहानी देता है लेकिन एक भिन्न परिणाम के साथ: महिला के लिए वासना और शराब के नशे में चूर होने और हत्या करने के बाद, हारुत और मरुत को दामावंद पर्वत में एक कुएं के अंदर कैद कर लिया गया (देखें दमवंद ii)। वहाँ वे पैरों से लटके रहते हैं, और प्यास के मारे उनकी जीभ बाहर निकल आती है "हालाँकि उनके मुँह और पानी के बीच की दूरी तलवार की धार जितनी ही होती है। वे दुनिया के अंत तक ऐसे ही रहेंगे, और जो कोई जादू-टोना सीखना चाहता है, वह वहां जाता है और उनसे जादू सीखता है" (तरजोमा-ये तफ्सीर-ए तबारी, I, पीपी। 96-97)। दमावंद राक्षसों या दीवों (q.v.) का एक पसंदीदा अड्डा था, और एक याद करता है कि एक परंपरा ने दावा किया था कि शैतानी ज़हाक को फ्रेडुन (q.v.) द्वारा वहां ले जाया गया था और एक कुएं में कैद कर दिया गया था जहां वह दुनिया के अंत तक रहेगा। पहले से ही खलीफा 'ओमान' एक अरब दमावंद को निर्वासित कर दिया गया था जिस पर टोना-टोटका का आरोप लगाया गया था (अरबी पाठ में जादू-टोना के लिए फारसी शब्द निरंग है), "क्योंकि वह एक ऐसी भूमि है जहाँ जादू-टोना प्रचलन में है" (तबारी I/6, पृष्ठ 3033; देखें आगे श्वार्ट्ज, ईरान, पृष्ठ 786)। इस प्रकार, दमावंद और गिरे हुए स्वर्गदूतों के बीच की कड़ी ईरानी विद्या में स्वाभाविक थी। वास्तव में, तबारी के समय तक, दमावंद क्षेत्र में एक इलाके को बा-बेल डोनबावंड, "दमावंद का बाबुल" कहा जाने लगा था, और सुदी ने "बा-बेल डोनबावंड" (श्वार्ज़, नियंत्रण रेखा) में हरुत और मारुत के पीड़ादायक स्थान को स्थित किया था। . उद्धरण।, संदर्भों के साथ)। हमद-अल्लाह मुस्तौफी, जिन्होंने बाबुल में गिरे हुए देवदूत की कैद का एक लंबा

लेखा-जोखा दिया है, यह भी कहते हैं (नोज़हत अल-कुलुब, संस्करण ले स्ट्रेंज, पृष्ठ 37) कि दमावंद में हरुत और मारुत को जंजीरों में रखा जाता है। कहानी के ईरानीकृत संस्करण में हरुत और मारुत की पीड़ा शास्त्रीय पुरातनता से प्राप्त एक अलंकरण है। यह टैंटलस (ओविड, मेटामोर्फोसेस 4:458-59; होमर, ओडिसी 9:582-92) के मिथक को याद करता है, जो अक्सर एक साथ जुड़े चार महान शख्सियतों में से एक है (अन्य Ixion, Sisyphus, और Tityus हैं) जिसके लिए सजा हुई थी। विभिन्न अपराध। टैंटलस के अपराधों में मानव जाति के लिए देवताओं के रहस्यों को उजागर करना था, और उसे पानी के एक कुंड में अपनी गर्दन के बल हमेशा खड़े रहने के लिए मजबूर किया गया था, लेकिन जब भी वह पीने की कोशिश करता था, तो वह अपनी प्यास बुझाने में असमर्थ था।

हरुत और मारुत के "तांत्रिककरण" ने मुस्लिम दुनिया भर में व्यापक और स्थायी मुद्रा प्राप्त की (बामबर्गर, पीपी। 115 ff।)। फ़ारसी शब्दकोश नामों को प्रसिद्ध जादूगरों और जादू-टोना के पर्यायवाची के रूप में परिभाषित करते हैं। बेजान (q.v.) और मानेजा की कहानी की प्रस्तावना में, फ़िरदौसी हमें बताता है कि कैसे एक अंधेरी रात में उसकी प्रेमिका ने उसे एक दीपक दिया और शराब, क्विन, संतरे और अनार की दावत तैयार की और फिर वीणा को इतने शानदार तरीके से बजाया कि अति प्रसन्न कवि ने सोचा: "आपने कहा होगा कि यह हरुत है जो जादू (निरंग) करता है" (साह-नाम, संस्करण। मॉस्को, वी, पृष्ठ 7; संस्करण खलेघी, III, पृष्ठ 305, एन। 2)। संदर्भ निश्चित रूप से इस संदर्भ में विशेष रूप से उपयुक्त है, क्योंकि बेजान को भी बाद में एक कुएं में कैद किया गया था। तुरान की शत्रुतापूर्ण भूमि में एक कुएं में कैद बेजान के चित्र, और बाबुल में एक कुएं में उलटे लटके हरुत और मारुत के चित्र, शाह-नाम की सचित्र पांडुलिपियों के सचित्र चक्र का हिस्सा बने, पूर्व के मामले में , और दो गिरे हुए स्वर्गदूतों के मामले में क़ेसास अल-अंबिया और 'अजाएब अल-मलुकात शैली' (देखें, उदाहरण के लिए, शमित्ज़, अंजीर। 2 'अजा'एब अल-मलुक़त से, सीए। 1050/1640, फोलियो 19)। अन्य फ़ारसी कवि, विशेष रूप से नासर-ए-ओस्रो, नेअमी और जलाल-अल-दीन रूमी, अपनी कविता में कहानी के लिए कई संकेत देते हैं। रूमी के मामले में, वह विशेष रूप से कहानी के पीछे एक रहस्यमय महत्व पाता है और एक मार्ग में (त्र। निकोलसन, पुस्तक V, पंक्तियाँ 182-85) वह बताता है कि "बुद्धि और आत्मा मिट्टी में कैद हैं, जैसे हरुत और मारुत में बेबीलोन का गड्ढा" (आर. ए. निकोल्सन, टीआर., और एड., द मटनवी ऑफ़ जलालुद्दीन रूमी, अनुवाद, III, प्रतिनिधि 1977, पृष्ठ 14)। दूसरी ओर, कुछ इस्लामी स्रोतों को फ़ारसी संस्करण में कहानी के विस्तार के तरीके पर संदेह था।

इस प्रकार, मकदेसी (बाद III, पीपी। 14-15) बहुत से खातों पर घृणा करता है और नास्तिकों द्वारा उनके भ्रष्ट इरादों को आगे बढ़ाने के लिए जानबूझकर प्रचारित सामग्री के रूप में इसे खारिज कर देता है।

दो स्वर्गदूतों की कहानी के बाद के दो घटनाक्रम ध्यान देने योग्य हैं। 14वीं सदी के अर्मेनियाई जॉन VI केंटाकोजेनस ने एक मुस्लिम विरोधी ग्रंथ में एरोट और मारोट की कथा का हवाला दिया, जिसे भगवान ने "अच्छी तरह से और न्यायपूर्ण शासन करने के लिए" पृथ्वी पर भेजा था (रसेल, पृष्ठ 381)। 18 वीं शताब्दी के अंत से हारुत और मा-रूट भी अंग्रेजी साहित्य में अवज्ञा और विद्रोह के एक रोमांटिक उत्सव के हिस्से के रूप में दिखाई देते हैं और गिरे हुए स्वर्गदूतों की धारणा में रुचि रखते हैं। यह जोड़ी जॉर्ज क्रॉली (1780-1860; देखें च्यू, पीपी। 201-3) और थॉमस मूर (1779-1852) की कविता में दिखाई देती है। लंदन में 1823 में प्रकाशित मूर की "द लव्स ऑफ द एंजल्स", उनकी आखिरी लंबी कविता और उस समय की एक सक्सेस डे स्कैंडल, एक व्यापक तरीके से विषय से संबंधित है। अधिक हल्के दिल और तेजतर्रार तरीके से, सर एच। राइडर हैगार्ड (1856-1925), द आइवरी चाइल्ड (लंदन, 1916, चैप। IV। हारुत और मारुत) में अफ्रीकी जादूगरों, हारुत और मारुत के अपने खाते में कहानी के बारे में बताया गया है, जिन्हें बटलर द्वारा "श्री। हरे" के रूप में घोषित किया गया है। -रूट और मिस्टर मारे-रूट" और जादू में अपने कौशल से पूरे अंग्रेजी घराने को प्रभावित करने के लिए आगे बढ़ें।

संदर्भ - Encyclopaedia Iranica

हरुत (हरत) और मारुत
अल-बकराह 2:102

टिस्डल ने कुरान और हदीस की व्याख्याओं की तुलना यहूदी स्रोतों से की है:

अरैश अल मजालिस से निम्नलिखित है:-
टीकाकारों का कहना है कि जब स्वर्गदूतों ने मानव जाति के बुरे कार्यों को स्वर्ग तक चढ़ते देखा (और वह इदरीस के दिनों में था), तो वे व्यथित हुए और उनके खिलाफ इस प्रकार शिकायत की: आपने इन्हें पृथ्वी पर शासक बनने के लिए चुना है, और देखो वे तेरे विरूद्ध पाप करते हैं। तब सर्वशक्तिमान ने कहा: यदि मैं तुम्हें पृथ्वी पर भेजूं, और तुम्हारे साथ वैसा ही व्यवहार करूं जैसा मैंने उनके साथ किया है, तो तुम वैसा ही करोगे जैसा वे करते हैं, उन्होंने कहा, हे हमारे भगवान, यह हम पर

तुम्हारे विरुद्ध पाप करने का दोष नहीं होगा। तब प्रभु ने कहा, तुम में से सर्वोत्तम स्वर्गदूतों में से दो स्वर्गदूतों को चुन लो, और मैं उन्हें पृथ्वी पर भेज दूंगा। इसलिये उन्होंने हारुत और मारुत को चुना; जो उनमें से सबसे अच्छे और सबसे पवित्र थे। अल कल्बी का संस्करण:-- सर्वशक्तिमान ने कहा: तुम तीन को चुनो: इसलिए उन्होंने (अज़्ज़, यानी) हारुत, और (अज़बी, यानी) मारुत, और अजरेल को चुना; और जब वे पाप में पड़ गए तो यहोवा ने उन दोनों के नाम बदल दिए, जैसे उसने शैतान का नाम बदल दिया, जो अज़ाज़िल था। और परमेश्वर ने उनके हृदय में वैसी ही शारीरिक अभिलाषा उत्पन्न की जैसी आदम के पुत्रों में थी; और उन्हें पृथ्वी पर भेज कर आज्ञा दी, कि मनुष्यों के बीच धर्म से राज्य करो, मूर्तिपूजा से दूर रहो, हत्या न करो, परन्तु न्याय के लिये करो, और व्यभिचार और मदिरा से दूर रहो। अब जब अजरेल को अपने हृदय में वासना का अनुभव हुआ, तब उसने प्रभु से प्रार्थना की कि वह उसे राहत दे, और उसे स्वर्ग पर उठा लिया गया, और चालीस वर्ष तक वह अपने निर्माता के सामने शर्म के कारण अपना सिर उठाने में असमर्थ रहा। परन्तु अन्य दो स्थिर रहे, और दिन के समय लोगों का न्याय करते रहे, और जब रात हुई तो वे स्वर्ग पर चढ़ गए, और सर्वशक्तिमान के नाम की आराधना करने लगे। कैटाडा [क़टादा] हमें बताता है कि एक महीना बीतने से पहले ही वे प्रलोभन में पड़ गए; ज़ोहरा के लिए. सबसे खूबसूरत महिलाओं में से एक (जिसके बारे में अली हमें बताते हैं कि वह फारस के एक शहर की रानी थी) ने उनके सामने एक सूट पहना था, और जब उन्होंने उसे देखा तो वे उससे प्यार करने लगे, और उसे पाने की कोशिश की, लेकिन उसने इनकार कर दिया और चली गई दूर। दूसरे दिन वह फिर आई, और उन्होंने वैसा ही किया; परन्तु उस ने कहा, नहीं, जब तक तुम मेरी आराधना न करो, और इस मूरत को दण्डवत् न करो, न किसी प्राण की हत्या करो, न दाखमधु न पीओ। उन्होंने उत्तर दिया, जिन कामों को परमेश्वर ने मना किया है, उन्हें करना हम से अनहोना है; और वह चली गयी. तीसरे दिन वह फिर शराब का प्याला लिये हुए आयी, और उसका मन उनकी ओर झुक गया; सो जब उन्होंने उसकी इच्छा की, तब उस ने कल की ही सी बात कही, परन्तु उन्हों ने उत्तर दिया, परमेश्वर को छोड़ किसी और से प्रार्थना करना गम्भीर बात है, और किसी की हत्या करना भी गम्भीर बात है; तीनों में से सब से सरल काम दाखमधु पीना है: सो उन्होंने दाखमधु पीया, और मतवाले होकर उस पर टूट पड़े, और व्यभिचार किया: और एक ने देखा, और उन्होंने उसे मार डाला। और ऐसा कहा जाता है कि उन्होंने एक मूर्ति की पूजा की, और भगवान ने ज़ोहरा को एक सितारा में बदल दिया। अली और अन्य लोग हमें बताते हैं कि उसने कहा, मेरे पास मत आना जब तक तुम मुझे

वह बात न सिखा दो जिसके द्वारा तुम स्वर्ग पर चढ़ सकते हो। उन्होंने कहा, हम महान परमेश्वर के नाम से चढ़ते हैं। उसने फिर कहा, जब तक तुम मुझे न सिखाओ कि वह क्या है, तब तक मेरे निकट मत आना। सो उन्होंने उसे सिखाया; और वह तुरन्त यह दोहराते हुए आकाश पर चढ़ गई, और प्रभु ने उसे एक तारा में बदल दिया। (डब्ल्यू. सेंट क्लेयर-टिस्डाल, इस्लाम के स्रोत)फिर यहूदी स्रोतों से तुलना करते हुए टिस्डल ने कहा:

अब यहूदियों की ओर मुड़ते हुए, यही विवरण तल्मूड के दो या तीन स्थानों में दिया गया है, विशेष रूप से मिड्रैश यॉलकुट के इस उद्धरण में: (कैप 44)

जब रब्बी जोसेफ से उनके शिष्यों ने अज़ाएल के बारे में पूछा, तो उन्होंने उन्हें इस प्रकार बताया:-- जलप्रलय के बाद, मूर्तिपूजा प्रचलित थी, पवित्र व्यक्ति क्रोधित था। तब दो स्वर्गदूत, शमहाजई और अजाएल उठे और उसे संबोधित करते हुए कहा, हे ब्रह्मांड के भगवान, जब आपने दुनिया बनाई, तो क्या हमने आपसे नहीं कहा, मनुष्य क्या है कि आप उसका ध्यान रखते हैं? और अब हम उसके लिये चिन्तित हैं। प्रभु ने उत्तर दिया: मैं भली-भांति जानता हूं कि यदि तुम्हें पृथ्वी पर शासन करने के लिए भेजा जाए, तो तुम्हारी दुष्ट अभिलाषाएं तुम पर हावी हो जाएंगी, और तुम मानव जाति पर अत्याचारी बन जाओगे। उन्होंने उत्तर दिया, यदि तू हमें छुट्टी दे, और हम उनके बीच रहें, तो तू देखेगा कि हम किस प्रकार तेरे नाम को पवित्र करेंगे। उसने कहा, तो जाओ, और उनके बीच रहो।

इसके तुरंत बाद, शमहाज़ई ने एस्तेर नामक एक सुंदर युवती को देखा, और अपनी आँखें उसके पास आने और उसके साथ रहने के लिए घुमाते हुए कहा, जब तक तुम मुझे वह महान नाम नहीं सिखाते जिसके द्वारा तुम ऊपर स्वर्ग में चढ़ सकते हो, मैं अपने आप को तुम्हारे सामने आत्मसमर्पण नहीं कर सकती। उसने उससे कहा, और वह यह कहकर निष्कलंक ऊपर की ओर चढ़ गई। तब पवित्र ने कहा, - चूंकि उसने खुद को अशुद्धता से साफ रखा है, इसलिए उसे भगवान की स्तुति करने के लिए सात सितारों के बीच ऊपर उठाया जाएगा। तुरन्त वे दोनों आगे बढ़े और मनुष्यों की सुन्दर पुत्रियों के साथ मेल-मिलाप करने लगे, और उनके बच्चे उत्पन्न हुए। और अजाएल ने जिन स्त्रियों की ओर वह प्रवृत्त हुआ, उन्हें सब प्रकार के सुन्दर आभूषणों से अलंकृत किया।(अज़रायल वही है जिसे तल्मूड में अज़ाएल कहा जाता है)

अब जो कोई भी दोनों कहानियों की एक साथ तुलना कर रहा है, उसे यह अवश्य देखना चाहिए कि वे सहमत हैं, सिवाय इसके कि मुस्लिम में स्वर्गदूतों को हारुत

और मारुत कहा जाता है, और यहूदी में, शमहाज़ई और अज़ाएल। लेकिन अगर हम खोज करें कि कुरान और परंपरा में नाम कहां से आए, तो यह देखा जाएगा कि हारूत और मारुत दो मूर्तियां थीं जिनकी बहुत पहले अर्मेनिया में पूजा की जाती थी। क्योंकि उस देश के लेखकों में उनके बारे में इतनी बात की जाती है, जैसा कि उनमें से एक के निम्नलिखित अंश में है:

निश्चित रूप से होरोट और मोरोट, माउंट अरार्ट के संरक्षक देवता, और अमीनाबेग, और शायद अन्य जो अब ज्ञात नहीं हैं, महिला देवी एस्पंडारामल्ट के सहायक थे। इनसे उसे सहायता मिली और वे पृथ्वी पर उत्कृष्ट थे।

इस उद्धरण में, Aspandaramlt ईरान में भी पुराने समय से पूजी जाने वाली देवी का नाम है; क्योंकि हमें बताया गया है कि पारसी लोग उसे पृथ्वी की आत्मा मानते थे, और मानते थे कि पृथ्वी के सभी अच्छे उत्पाद उसी से उत्पन्न होते हैं। अर्मेनियाई लोगों द्वारा अमीनाबेघ को भी अंगूर के बागों का देवता माना जाता था, और उन्होंने होरोट और मोरोट को पृथ्वी की आत्मा के सहायकों का नाम दिया, यह देखते हुए कि वे उन्हें उन आत्माओं के रूप में मानते थे जिनका हवा पर नियंत्रण था ताकि वे बारिश ला सकें। वे ऊँचे पर्वत अरारत की चोटी पर बैठे, और वर्षा की जिससे पृथ्वी उपजाऊ हो गई;   इस प्रकार दोनों हवा के शासक थे।   [फुटनोट: नाम की उत्पत्ति अभी भी पूर्व में प्राचीन संस्कृत पवन-देवताओं मारुल्स से मानी जाती है।] अर्मेनियाई लोगों ने - यह कल्पना करते हुए कि मोरोट मोर से आया है, जो मायर, "माँ" का जनन है - ने उसी तरह से होरोट का गठन किया। बालों से, "पिता।" जब यह भी कहा जाता है कि दो देवदूत मानव जाति का प्रचार करने के लिए आए थे, तो इसका अर्थ यह है कि उन्होंने पृथ्वी को उस उद्देश्य के लिए अपनी उपज पैदा करने के लिए प्रेरित किया।   ज़ोहरा को हिब्रू में ईशर या एस्तेर के रूप में पढ़ा जाता है, जिसे बेबीलोन और सीरिया में बच्चों के जन्म और जुनून और इच्छा को बढ़ावा देने वाली देवी के रूप में पूजा जाता था।   इस सब के प्रमाण में, हमें टाइग्रिस और यूफ्रेट्स के बीच के खंडहरों में प्राचीन टाइलों पर ईशर नाम मिलता है।   एक गिल्गामलश की कहानी, जिसके साथ इश्तार को प्यार हो गया लेकिन उसे अस्वीकार कर दिया गया, इन टाइलों पर प्राचीन बेबीलोनियन चरित्र में व्याख्या की गई है। इश्तार अपने सिर पर मुकुट लेकर उसके पास आई और उससे उसे चूमने के लिए कहा, और कई प्यार भरे शब्दों और उपहारों के साथ उसका पति बनने के लिए कहा, जब वह उसके महल में एक शांत और खुशहाल जीवन जीएगा। गिलगमिश ने उपहास में उसके प्रस्ताव को अस्वीकार कर दिया, जिसके बाद वह आकाश पर चढ़ गई और स्वर्ग के भगवान के सामने प्रकट हुई। [फुटनोट: उत्पत्ति 6:2-4"परमेश्वर

के पुत्रों ने मनुष्य की पुत्रियों को देखा कि वे सुन्दर हैं, और जो कुछ उन्होंने चाहा, उन्हें पत्नियाँ बना लिया... उन दिनों में राक्षस होते थे,... जब के पुत्र परमेश्वर मनुष्य की पुत्रियों के पास आये, और उन्होंने उनके लिये सन्तान उत्पन्न की, वे पुराने समय के पराक्रमी और प्रसिद्ध पुरुष बन गए।" "भगवान के पुत्र,"हमारे लेखक के अनुसार, सेठ के वंश के नीच धर्मी पुरुष। उद्धृत टिप्पणीकार उज्जील का पुत्र जोनाथन है। दो स्वर्गदूतों के समान आरोहण की एक संस्कृत कहानी है, और ज़ोहरा की तरह एक हुरी, जिससे अर्मेनियाई लोगों ने संभवतः अपनी कहानी ली होगी; और निस्संदेह यहूदियों ने इसे इस मूर्तिपूजक स्रोत से प्राप्त किया; और उनसे, मुसलमान।] यह उल्लेखनीय है कि इस प्राचीन कहानी में बेबीलोन के मूर्तिपूजकों को यह मानते हुए दिखाया गया है कि इश्तार, यानी ज़ोहरा, ऊंचे स्थान पर चढ़े थे, - बिल्कुल वैसा ही जैसा हमें मुस्लिम परंपरा में बताया गया है, जैसा कि मुस्लिम परंपरा में भी बताया गया है। यहूदी टिप्पणियाँ.

अब यदि हम उपरोक्त कहानी के स्रोत की खोज करते हैं, तो हमें इसमें कोई संदेह नहीं है कि नीचे उद्धृत उत्पत्ति में दो छंदों पर अपनी टिप्पणी में तल्मूड ने महिलाओं के साथ स्वर्गदूतों के संबंध के बारे में क्या कहा है। दूसरी कविता के बारे में बोलते हुए, एक यहूदी टिप्पणीकार हमें निम्नलिखित व्याख्या देता है: - "यह शमहाज़ई और उज्जीएल थे जो उन दिनों स्वर्ग से आए थे।" अत: हम देखते हैं कि यह सारी कल्पनाशील कथा इस तथा अन्य अज्ञानी भाष्यकारों की भूल से उत्पन्न हुई है। जैसा कि नीचे दिखाया गया है, विशाल शब्द को उनके द्वारा गलत समझा गया था, जिसका अर्थ यह नहीं था कि वे उन लोगों को दर्शाते हैं जो अपने आसपास के गरीब लोगों पर अत्याचार करते हुए "गिरे" थे, बल्कि स्वर्गदूत थे जो "स्वर्ग से नीचे आए, या गिर गए।" [फुटनोट: यह शब्द नेफिलिम है, यानी ऐसे व्यक्ति जो अपने आस-पास के असहाय लोगों पर टूट पड़े और पृथ्वी पर हिंसा और उत्पीड़न किया।] और इस दुखद गलती के कारण अभी वर्णित अजीब मूर्ति-पूजा का प्रसार हुआ। न ही गलती का कोई स्पष्ट कारण था; चूंकि टारगम में हमें नाम (नेफिलिम) मिलता है, जिसे इसके सही और प्राकृतिक अर्थ में "दिग्गज" के रूप में समझाया गया है। लेकिन धीरे-धीरे यहूदियों को विदेशों में फैली जंगली कहानियों से प्यार हो गया; और इसलिए हनोक के नाम से लिखी गई एक नकली किताब में, हमें बताया गया है कि साम्याज़ा (यानी शामहाज़ई) के तहत 200 स्वर्गदूत पृथ्वी पर व्यभिचार करने के लिए स्वर्ग से नीचे आए, जैसा कि हम पढ़ते हैं: -स्वर्ग के दूतों ने मनुष्य की पुत्रियों को देखा, और उन पर मोहित हो गए, और एक दूसरे से कहा, आओ हम इन स्त्रियोंको अर्थात् मनुष्य की पुत्रियोंको ले लें, और अपने लिथे सन्तान उत्पन्न करें।

और साम्याज़ा, जो उनका मुखिया था, ने कहा...अज़ाज़ील ने लोगों को तलवारें, खंजर और ढालें बनाना सिखाया, और उन्हें कवच पहनना सिखाया। और स्त्रियों के लिए उन्होंने तरह-तरह के आभूषण बनाए, कंगन, जवाहरात, उनकी पलकों को सुशोभित करने के लिए कोलेरियम, बढ़िया पिस के सुंदर पत्थर, सुंदर रंगों के कपड़े और चालू पैसे।
(डब्ल्यू. सेंट क्लेयर-टिस्डाल, इस्लाम के स्रोत)

बाबेल
हेब: बेबेल

बाबेल या बेबीलोन में अनुवादित, बेबीलोनिया का एक प्राचीन शहर, जो यूफ्रेट्स के तट पर स्थित था।

दो चीज़ें :

बैबेल का बाइबिल टॉवर, जहां मानव जाति कई अलग-अलग भाषाओं में भ्रमित थी (उत्पत्ति 11:1-9)। .
सुलैमान के संबंध में कुरान में उल्लेख किया गया है।
दो देवदूत, अल-बकरा 2:102
कुरान ने बाबेल, हारूत और मारूत में दो स्वर्गदूतों का उल्लेख किया, और उनसे पुरुष और पत्नी के बीच विभाजन हुआ। इसी आयत में सुलैमान का भी उल्लेख है।

BIBLE.CA

मेरी अन्य पुस्तकें निम्न है–

क्रमांक	पुस्तक का नाम
1	पृथ्वी के प्रचलित धर्म व पंथ
2	कुरान करीम का विशेष ज्ञान
3	जीवन एक पहेली व स्वास्थ्य
4	जीवन तथा भाषा की उत्पत्ति कैसे हुई?
5	इस्लाम एक परिचय व संप्रदाय
6	अल्लाह एक परिचय
7	आज भी अंल खि□ जिंदा है?
8	सात सोने वालों की रहस्यमई घटना
9	प्रार्थना, सभी धर्मों में
10	उपदेश महान लोगों के, सभी धर्मों में
11	स्वप्न, व्याख्या, प्रत्येक धर्म में
12	हारूत तथा मारुत की कहानी
13	आत्मा (रूह) धर्म तथा विज्ञान की नजर में
14	असली सिकंदर (जुलकरनैन)
15	दुःख
16	ईश्वर, प्रार्थना, उपदेश, नास्तिक, दुःख
17	विश्व के प्रमुख धर्म मत व सम्प्रदाय
18	पवित्र कुरान एक परिचय तथा उसके अनसुलझे रहस्य

19	धर्म संस्थापक का जीवन परिचय ,सभी धर्मों के
20	शांति की खोज
21	धर्म पुस्तक की उत्पत्ति, भाषा, लेखक व मूल प्रति
22	समानांतर ब्रह्मांड का रहस्य
23	पवित्र क़ुरआन की भविष्यवाणी
24	कयामत की निशानी
25	कर्म ही सर्वश्रेष्ठ?
26	तलाक ! जिम्मेदार कौन?
27	एकांत क्यों?
28	खुदा या खुद से प्रतिज्ञा?
29	ईश्वर अस्तित्व का प्रमाण

यह सारी पुस्तकें अंग्रेजी संस्करण में भी उपलब्ध है। तथा कुछ अंतर्राष्ट्रीय भाषा में उपलब्ध है।

उपरोक्त पुस्तकें notionpress.com पर भी उपलब्ध है।

मेरी ई बुक संस्करण (निशुल्क) निम्न है —

क्रमांक	पुस्तक का नाम
1	विश्व के प्रमुख धर्म मत व सम्प्रदाय
2	पवित्र कुरान एक परिचय व उसके अनसुलझे रहस्य
3	जीवन की कुछ अनसुलझी पहेली
4	असली सिकंदर (जुलकरनैन)

5	स्वप्न (व्याख्या) धर्म तथा विज्ञान की नजर में
6	आत्मा (रूह) धर्म तथा विज्ञान की नजर में
7	मनुष्य तथा भाषा की उत्पति कैसे हुई?
8	ईश्वर, प्रार्थना, उपदेश, नास्तिक, दुःख
9	हारूत तथा मारुत की कहानी
10	उपदेश महान लोगों के, सभी धर्मों में
11	प्रार्थना, सभी धर्मों में
12	आज भी अंल खि□ जिंदा है?
13	अल्लाह एक परिचय
14	इस्लाम एक परिचय व सम्प्रदाय
15	अल खिज़्र एक परिचय
16	किंग सोलोमन तथा मलिका बिल्कीश (तौरैत तथा कुरान के अनुसार)
17	एक इस्लामी सम्प्रदाय अहले हदीस का परिचय
18	अपना स्वास्थ्य (सेक्स संबंधी)
19	बाइबिल एक परिचय, क्या ओरिजिनल बाइबिल आज भी उपलब्ध है?
20	दुर्लभ चीजें जो मेरे पास मूल रूप में उपलब्ध है।
21	नास्तिक और बौद्ध धर्म (धम्म)
22	अधम्म क्या है?
23	अल कहफ (अर रकीम) की रहस्मय कहानी
24	धर्म संस्थापक का जीवन परिचय ,सभी धर्मों के

अपना व्यक्तिगत परिचय

मेरा नाम अब्दुल वहीद है मेरे पिता का नाम स्वर्गीय हाजी उबैदुर्रहमान है व माता का नाम जैबुन्निसा है । मैंने बचपन से ही वैज्ञानिक विचारधारा को पसंद किया है और शांत स्वभाव व पुस्तकों से लगाव रहा है । जिससे मेरी रोज जिज्ञासा रुचि निरंतर नए - नए खोजो को जानकारी में प्रयुक्त रहा है । मैं BSc करते समय पालीटेक्निक में सेलेक्शन हो गया था , लेकिन दुर्भाग्यवश अधूरा रह गया था क्योंकि पिता और भाई का सर्वगवास हो गया था । मेरे पिता जी की दो बातें जो , मेरे जीवन के लिए अत्यंत अनमोल है

प्रथम - इमानदारी से कमाओ झूठ का सहारा मत लो ,

दूसरा अन्न की इज्जत करो और जितना खाना हो उतना ही लो ।

इसलिए घर की जिम्मेदारी , फिर बाद में विवाह हो जाने के कारण शिक्षा अधूरी रह गई । फिर भी हिम्मत नहीं हारा और आज आपके सामने मेरे विचारों के रूप में पुस्तक उपलब्ध है । यदि कोई जानकारी अधूरी रह गई हो तो कृपया जरूर अवगत कराये । -----------

धन्यवाद ।

कृपया मुझसे संपर्क करें–

Abdul Waheed, Barabanki, Uttar Pradesh, India (BHARAT)

www.ingramcontent.com/pod-product-compliance
Lightning Source LLC
Chambersburg PA
CBHW040742120726
48007CB00007B/67